こうして僕は自分の生き方を見つけた

笈川幸司
Koji Oikawa

仕事は、家族の幸せのための手段だと教えてくれた息子に、
この本を捧げる

はじめに――僕の仕事は「日本語航海士」

二〇〇一年、僕は何の資格も持たないまま、中国で日本語教師になった。最初、日本ならFランク大学（レベルがFランクの大学）と呼ばれるような民間の短大で教えていたが、教師を始めて半年、運命の出会いによって清華大学の教師になる。それからの十年、清華大学と北京大学の両校で教鞭をとり、日本語スピーチコンテストでは百人以上の教え子を優勝に導いた。

そして、二〇一一年九月。多くの仲間たちの協力を得た僕は、中国全土555大学で日本語講演会を実施する旅に出た。これがいま、僕がやっている仕事だ。

現在、中国の著しい経済発展が日本人の目を引く中、昨年一月に雑誌『AERA』（朝日新聞出版）で、「中国に勝った日本人100人」が特集された。百人の中には、卓球の福原愛選手、俳優の矢野浩二さん、蒼井そらさんなど錚々たる顔ぶれの中、日本語教師の名前がそこにあった。

僕は、常に地獄の底を這いずり回っているつもりでいたから、知らぬまに「中国に勝つ」人間として紹介されていることに驚いた。

僕はもともと平凡な人間だ。いや、平凡な方々の足元にも及ばない。いまでこそ、僕を信頼してくれる多くの中国人学生がいる手前、あからさまに自分を卑下することはできないが、本当はいまでもそう思っている。ただ、若い頃は、そんなダメな自分を認めるのが嫌だった。


僕は大学生の頃、仕事は「ラクして儲けたい」と考えていた。

「仕事は適当に。あとはテレビゲームや、自分の趣味のために時間を費やしたい。苦労することほど馬鹿馬鹿しいことはない。努力して失敗したらどうする？　誰がフォローしてくれる？他人に自分が無能だと思われてしまうリスクだけは絶対に避けたい！」と本気で思っていた。

努力することに怯え、ラクして儲かる話は食いつくように聞いていた。しかし、話を聞いたところで、うまい話に飛びつく勇気はなく、「そんなうまい話、あるか！」と唾を吐き、結局何もしなかった。

何もしないから、大学四年間心は成長せず、いや、後退したようにさえ思う。さらに自分に誇れるものがないから嘘をついた。

毎日、嘘ばかりついていると、ついた嘘が実際起きたことのような気がしてくるものだ。そのうち、自分は嘘つきではないと信じるようになり、でたらめの自分が完成していった。

約二十年前、当時の日本には、でたらめな僕を受け入れてくれる土壌があった。バイト先ではろくに働きもせず、「店長がウザい」と言ってすぐやめたが、バブルの時代、どこへ行っても仕事はあった。時給が二十円いいだけで、何倍も真面目にやってるバイト仲間がアホに見えた。

他人の十倍頑張ったって一日百円しか変わらない。「あいつら、相当ダメだ」。そう思っていた。

しかしそんな僕でも、ほんの一瞬、たった一度だけ本気のすぐ手前のところを生きてみたことがあった。二十七歳のとき、漫才師になることを志し、それまでやったこともないお笑いの道に足を踏み入れたのだ。最初、舞台に上がればすぐに天下が取れると思っていた。いや、思うと言っても、「俺なら絶対に宝くじで三億円が当たる！」という程度の馬鹿な自信と大差はない。案の定、結果は、うだつの上がらない貧乏芸人の足下にさえ及ばなかった。

その日以来、僕は頑張ることをやめた。頑張らなければ、失敗したときに「興味がなかった」と言えばすむ。「食っていけないから辞める」。そのひとことで漫才師の夢は諦めた。

三十一歳の僕は、まさに下り坂を落ちていく途中。落ちていくスピードはますます上がり、あとは壁にぶつかって死ぬだけだった。

そして、逃げるようにして北京に向かった。夢もボロボロ、鏡に映った自分の顔も想像以上にボロボロだった。ただただリセットしたい、それだけを願っていたように思う。

僕が第二の人生を求めて北京に辿り着いたその翌日、五年半待たせた彼女が「別れてください」と言い出した。ボロ布だった僕の心は、ゆっくり糸をひいて破れていった。

夢破れ、恋にも破れた僕は、現実逃避のため、毎日朝早く就職先の民間大学へ行った。大学は心休まる場所になりかけたが、安らぎの時間も長くは続かなかった。

上司が変わり、契約書は破棄され、給料は九分の一に下げられた。給料は、日本円にして一万円。それでは生活もできない。泣いても喚いても誰も救ってくれはしない。馬鹿げたこの人生、僕はもう笑うしかなかった。

そんな最悪の状況になって初めて、僕の頭が動き始めた。もう守るものは何もなかった。ようやく「勇気」なるものを出し、行動を起こし始めた。そして一歩一歩、ゆっくりとではあるが、地獄から這い上がってくることができた。

人生はオセロゲームじゃない。一気に逆転することはできないが、一枚一枚、負け色を勝ち色に変えることはできる。これは紛れもない本当の話で、その過程はイライラするほど時間がかかる。

せっかく書き終えた一万字のレポートを保存し忘れて消去してしまうような自分のミス、他人の過ち、いやがらせも、生きていれば必ず出くわす。そういうとき、他人に文句を言っても、2ちゃんねるで不満を書き込んでも、負け色を勝ち色に変えることはできない。

できることは、ただ、爪を立てて、一枚一枚時間をかけて、負け色のカードを、いや、しつこい負け色のシールを、剥がしていくことだけなのだ。

どんなに人生をナメ切っても、最後に逆転して勝てると思っていては地獄へ行くしか道はない。人はウルトラマンじゃないし、少年ジャンプに出てくる主人公でもない。人生たった一回でも死ぬ気で頑張ったことのない人間に、逆転勝ちなどありえない。地獄とは、死ぬまでずっと他人を憎み、自分の無能さを恨む生き地獄だ。いまの日本には、生き地獄を這いずり回っている人がごまんといる。

しかし、どこでどんな文句を吐こうと、無条件で生き地獄から救ってくれる正義の味方などいない。地獄の底を這いずり回っていたとしても、羽をつけて救い出してくれる人はいないし、だいたい羽なんかそもそもない。

では、地獄から這い上がるにはどうすればよいのか。

その方法はたったひとつしかない。自分以外の人のために汗を流すことだけだ。

ときどき僕は、「あんた、中国人に利用されているだけだよ。気をつけな」と忠告を受ける。ただ不思議なことに、僕はこの十数年ゴミのように捨てられた覚えはない。仲のよい人からは「周囲の方々に大切にされているね」とよく言われるし、自分自身そう感じている。それで、過去を振り返って分析をして出した結論は、「相手が求める十倍の量をこなせば、利用されない人間になれる」ということ。

具体的にいえば、友だちに「一万円貸してくれ」と言われて、すぐに一万円を貸す人は利用されてしまうかもしれない。しかし、「じゃ、はい」と十万円を手渡す人を、上手に利用できるほど器の大きな人間はこの世にそれほどいないということだ。

僕はいまでも誰かに求められたらその十倍は返したいという気持ちで働いている。自分を認めてくれた人を一生死ぬまで裏切らない。反対に、僕のために十倍返してくれる人を、利用するだけ利用して、いらなくなったら最後にポイっとゴミに捨てるだろうか。たぶん、一生友だちでいたいと思うだろう。それって、ごく自然なことだ。

僕はこうした生き方を、中国で日本語航海士になるという夢を追う過程で、さまざまな失敗を経ながら見つけることができたように思う。

今でも「中国に勝った」とは思っていないが、「中国で勝った」という自覚はある。この本は、昔の僕みたいに、本当は自信がなく、どう生きていくべきか迷っている人たちのために書いた。「中国で勝つ」人間になりたい日本人のために書いた。

僕が中国でどんなふうに這い上がってきたか、ひとつひとつ時間をかけて、どんなふうにシールをひっくり返してきたかを見てほしい。その中にはきっと、魂をふるわす何かがあると思う。

僕はあなたの魂に語りかけたい。

『こうして僕は自分の生き方を見つけた』目次

第2章 勝負は、そこしかない

第3章 優秀な人材を「育てたい」

第4章 コツコツと、誠実に

第5章　日本語航海士という夢

第1章

中国大陸への逃亡

「もう、死のうか」

三十一歳、夏。漫才で天下を取る夢を捨て、僕は中国大陸へ逃亡した。子供の頃から夢みた漫才師を目指してはみたものの、結局短期間で挫折し、頑張ることをやめてしまった。その後、ただリセットすることを願い、中国大陸へと渡った。五年半ほど前に付き合い始めた中国人の彼女と暮らすつもりだった。

僕は青ざめた顔をぶらさげて北京空港に降り立った。出迎えにきていた彼女と彼女の両親は静かに、言葉を発することもなく到着ゲートに立っていた。アパートに向かう車内でも、ほとんど会話がなかった。アパートに到着するやいなや、ご両親は「今夜は早く寝なさい」と言って静かに出て行った。

翌朝、目が覚めると彼女がそばにいた。そして、「別れてほしい」とつぶやいた。はっきり聞こえなかったが、口の動きで意味がわかった。

目の前が突然真っ暗になった。頭の中が真っ白になった。

それまでの失敗は照れ隠しでごまかしてきた。しかし、もうごまかしは効かない。声も出ない。青ざめた顔の相が見る見るうちに崩れてゆく。泣きっ面に蜂というより、ボコボコにされた顔に硫酸だった。

病院へ行くと抗鬱剤を出されたが、薬を飲めば気分が悪くなり、九階のアパートの窓から真下を見下ろすのが習慣になっていた。

どうでもいいこの人生、ゲームならとっくにリセットしていた。いや、ゲームじゃなくてもリセットしようか……。一度だけ飛び降りたことがある。目が覚めると、それが夢だとわかった。

北京に到着して数週間が過ぎ、民間大学での夏期講習が始まった。僕はその年の五月に北京の民間大学と契約を交わし、日本語教師になっていた。

始めは、中国で二年ほど翻訳の勉強をしようと考えていた。もし、現地採用で企業に勤めたら、仕事でいっぱいいっぱいになってしまい、翻訳力のアップにはつながらない。そこで思いついたのが、午前中しか仕事をしなくてもよい日本語教師だった。

当時、日本語教師は、駐在員の奥様が腰掛け仕事でやっていたり、定年退職した方がボランティア感覚でやっていたりすることもあった。

「これなら僕にもできる」「これなら、午後も夜も自分がやりたい翻訳の勉強に力を注ぐことができる」。そう思った。それで、中国の友人に民間大学を紹介してもらい、面接を受けることになった。

資格も経験もなかったが、面接には合格した。ただ日本人というだけで、何も考えずに大学の教師になった。

民間大学では、その日に使う教科書はその日の朝に手渡される。事前準備などできない。よほどのベテランでない限り、民間で教えるのは難しいのではないだろうか。冷静に考えれば、資格も経験もない僕には到底無理な話だが、もうそんな理性すら働いてはいなかった。

夏期講習の初日。校長、副校長をはじめ、学部長、副学部長ら教師陣がずらりと並んで、偉そうな態度で椅子に腰掛けていた。そんななかでの初授業。新米教師が普通の精神状態でうまくいくはずがない。しかし、僕は普通の精神状態ではなかった。狂ったような自暴自棄の状態。そんな僕にはちょうどよい環境だった。うまくいってもいかなくても、もうどうでもよかった。

出席をとるとき、一人ひとりの名前を呼ぶところから僕は叫んだ。「王さん、元気出していこうぜ！」といった具合だ。そして、学生から質問を受けるとすぐに校長に振った。校長は答えられずにモジモジしていた。それを見兼ねて副校長に振った。その瞬間、学部長から下、教師全員の表情が曇った。「次は私かもしれない」。そう思ったのだろう。次に気づいたときには、みな背筋が伸びていた。

その授業のなかで、学生たちは、立ったり片足をあげたり手をあげたり、全員がヨガみたいな格好でセンテンスを読み上げたり、全員で天井を見あげたり、窓の外を見たりしながら、日本語が流暢に言えるようになるまで何十回も練習した。

そうして九十分、学生と一緒に声を張り上げ、授業は大成功を収めた。しかしその原動力になっていたのは、彼女にこの姿を見せたい、惚れ直してもらいたい、そういったある種の復讐心だった。

中国で日雇い労働者に

夏期講習の二週間は大成功に終わった。一番の成功は、「民間学校の学生たちは努力しない」という神話をことごとく崩せたことだ。

まる一日授業して、授業時間が終わっても帰ろうとする学生はいなかった。仕方なく、全員が疲れきるまで授業を続けることにした。北京の夏は日が長い。九時頃、誰かが「お腹が空いて声が出ない」と泣き言を言い出すのを待って、全員で夕食にでかける準備を始めた。

食事をしながら学生たちにさんざん日本語を話してもらい、夜十一時頃ようやく帰宅の途に着く。しかし、アパートに着いても誰もいない。ついさっきまで大騒ぎしていた空間とは大違いだ。天井を見上げ、目を閉じるがなかなか寝付けない。思い出したかのように抗鬱剤を飲むと、急に頭痛に苛まれる。医者が飲めというのだから飲むしかなかったのだが、夏期講習の間、熟睡できた日は一日もなかった。

夏休みが終わった新学期、久しぶりに学校へ行くと、雰囲気がおかしいことに気づいた。事務室に行くと知らない顔がちらほらといる。馴染みの顔は表情が暗い。つい二週間前に「あっ、日本の雷鋒《らいほう》*、ニーハオ。ははは」と言って、周りを大爆笑させていた室長もしかめっ面だった。「新しい学部長が来たから、あんたもクビになるかもしれないよ！」。ある職員さんが告げた。

その頃、中国は日本と違うことくらいわかっているつもりでいたが、あまりにも違いすぎてついていくのがやっとだった。いや、ついていけたのにはわけがあった。それまで多くの中国人に振り回されてきたが、なぜそれでも中国も中国人も好きなのかと言えば、前の彼女のお母さんの存在が大きい。

北京に着いて別れて以来、前の彼女とほとんど会話を交わすことはなかったが、おばさん（僕は彼女のお母さんをずっと「おばさん」と呼んでいた）が毎日面倒を見てくれた。部屋の掃除から食事の世話まで、週末は早朝に電話がきて一緒に公園を歩いた。

＊雷鋒さんは中国共産党の歴史に出てくる英雄。人民のために汗をかき、無償で働くことで有名な人だ。最後は作業中、事故でなくなってしまった。お年寄りから幼な子まで、人民がこよなく愛する共産党員だ。

新学期が始まってからは毎日のように新しい学部長とぶつかったが、おばさんはそのたびに中国の事情を教えてくれた。

学校の事務室にいた職員は総入れ替え。かわりにどこかのクラブかと錯覚するほどきれいなお姉さんたちが揃った。それもそのはず、新しい学部長は、ついこの間までスナックのママさんだったのだ。仲のよかった同僚も、事務室の職員もあっというまに消え、スナックのお姉さんたちが陣取り、あとは僕一人になった。そして、ついにママさんに呼び出された。

「あんたにはそんなに高い給料を出せないからね。もう学校に来なくていいよ。まあ、週一回くらいは来れば？　その分だけ給料を出してあげるから。まったく、日本人は中国人より一時間に五元も高いのが癪なんだけどね。あっ、もういいよ、帰って」

目の前で契約書を思い切り破られ、その日、収入が九分の一になることが決まった。五月に交わした契約では月給制だったが、その日を境に、僕の身分は日雇い労働者へと変わった。中国で日雇い労働者になるより、日本に帰ったほうがずっとマシだったはずだ。そんな簡単なことさえ思いつかないくらい僕は動揺していた。

夢、家庭、仕事、すべてが最悪な状況に陥り、ここは生き地獄かと思った。

これが、僕の中国生活のスタートだった。世間を舐め、周囲の人たちを舐め続けてきた報いが、三十一歳の僕を襲ったのだ。しかし、不思議なことに、止まっていた頭が、この日、動き出した。

地獄の底からゆっくりと

地獄……。僕の心が、すべてを失い、地獄の底に落ちてしまったと判断したその瞬間、頭がゆっくりと動き始めた……。

どうでもいい人生。ずっと損得勘定で生きてきたが、もう思い切り損して生きてやろう、そう心に決めた。価値観をひっくり返したのは、もう自分を守る必要がなかったからだ。すでにどん底なので、失敗したときのリスクを考える必要はなかった。誰も僕を肯定してくれないことがわかったし、自分ですら自分を肯定できない。過去の自分を殴りつけてやりたかった。もう、どうなってもよかった。

減給宣告を受けた翌日、僕はさっそく北京郊外の民間大学へ足を運んだ。

なぜか、うまい具合に面接は進んだ。

自分で言うのもなんだが、どうやら僕は中国では面接が得意のようだ。中国の面接は、日本とはまったく違う。日本でいうなら、おじさんやおばさんとただおしゃべりするようなものだ。

僕がしゃべりだすと、いきなり「いい声してるわね」と褒められ、「若い男性教師は珍しい」と喜んでくれた。面接が始まって一分で空気が変わり、それからは一緒にカシューナッツやスイカの種（種の中に実が入っている）を食べながら、「資生堂の化粧品は本当にいいのか？」とか、「日本ではトヨタはいくらするのか？」など、授業とはまったく関係のない質問が続いた。僕が、「え？　資生堂よりいい化粧品ってあるんですか？」「トヨタも中古なら三十万円くらいで買えますよ」と答えるたびに、彼らは驚き、目をキラキラ輝かせながら話を聞いてくれた。これが面接だった。

ある程度の時間になると、「会議があるから失礼するわ。あっ、明日から来てちょうだいね」と言われ、交渉は成立。それからは、次から次へ、どこへ行ってもすぐ新しい仕事が舞い込んできた。

こうして僕はみごとに北京郊外の民間大学で仕事を得た。

授業をする日は、朝四時四十分に起きた。驚く人がいるかもしれないが、それでもギリギリだった。五時二十分に家を出発し、六時までにスクールバスに乗らなければならない。そこから二時間近くは上下左右に大揺れする座席に腰掛け、おもむろにファイルを取り出す。それは、全教え子五二八名の顔写真と名前のついた「オイドラーのリスト」だ。

大学受験時に英単語を覚えたのと同じ要領で、ひとつひとつ名前を手で隠し、顔を見て名前を当てる。行きも帰りもそれを繰り返す。恥ずかしいことに、僕は良質な脳みそを持っていない。覚えが悪く、往復四時間の名前当てゲームを半年続けてようやくマスターした。

「趙さん、こんにちは。林さん、郭さん、王文さん、こんにちは！」

廊下ですれ違いざまに学生たちに声をかけると、みな悲鳴をあげて驚いた。驚くその姿があまりにもおかしくて、行きと帰りのバスの中でやる名前当てゲームがやめられなくなった。

授業は午前中のみ。授業の最後に、「午後二時から無償で授業をしますから、希望者は教室に来てください！」と言ってから食堂へ向かう。

当時の中国の習慣はけっこう興味深く、どの学校にも非常勤教師用の休憩室があった。昼食を終えたばかりの教師はみな休憩室に設置してある簡易ベッドに横たわり、高いびきをかいて寝ていた。僕は相変わらず眠れない日々を送っていたから、いびきの大合唱をＢＧＭにしながら、マイブームだった孔子の論語をかばんから取り出し、パラパラとめくっていた。

ダメな僕と一緒に学んでくれる人がいるだろうか。そんな面持ちで教室をのぞくと、学生が四人来てくれていた。夕方、食堂で軽く食事をして、夜十時まで日本語を練習した。次の日も、またその次の日も。確かに、一銭の得にもならなかったが、家に戻ると心地よい疲労感に包まれ、よく眠ることができた。

それから、ひと月。放課後教室に行くと、そこにはすでに四十人教室だというのに百人近くの学生が集まっていた。全部の椅子に二人ずつ座り、後ろに立っている学生たちが真剣な表情で教科書を音読していた。無償授業が始まる前から、教室は熱気に包まれていた。

授業といっても、なんてことはない。ただ大声で何度も何度も同じセンテンスを繰り返し読み上げるのだ。そうしているうちに、周恩来総理のスピーチだって、あっというまに覚えることができてしまう。叫び続けること二時間半、迎えのバスがクラクションを鳴らした。急いで帰ろうとすると、学生たちが列をなして質問に来る。質問と言っても、「趣味はなんですか?」とか「どんなテレビ番組を見ますか?」とか「どのアイドルが好きですか?」とかいう愛らしいものばかりだった。誰もが笑顔。みな日本語を話すのが楽しくて楽しくて仕方がないようだった。

急いで教師用バスに乗り込むと、学生たちが追いかけてきてバスを取り囲んだ。「日本の雷鋒さーん、帰らないでー!」と日本語で叫ぶ子もいれば、笑顔でいつまでも手を振っている子もいた。

民間大学に来て以来、自分ではどうでもいいと思ったこの人生を、大切に思ってくれる子たちがこんなにもたくさんいると知った。

ダメな僕を求め、来てくれる人がこんなにいることを素直に喜べる自分に気づいた。それは、世間で「普通」と呼ばれる感覚を初めて知った瞬間だった。やっと「ゼロ」に向かって歩き出すことができるのだと。

いつか、中国全土の民間大学へ行きたい。日本語以外はなにも持たない「日本語航海士」として、中国大陸という広い広い海を巡り、自信をなくした若者たちを全員笑顔にしたい。

地獄の底からゆっくり半年間かけて、そう思えるようになっていった。

チャンスは考えずに飛びつけ！

おばさんは僕が中国の大地を一気に駆け上がる秘訣を毎日ひとつひとつ教えてくれた。

なかでも、一番身に染みてわかったのは、日本人にとってはなかなかできない——チャンスがきたら、何も考えずに飛びつくことの大切さだ。

仕事も収入もないときは、「それはチャンスよ。他の学校へどんどん行って、あなたの個性を発揮しなさい」と励ましてくれ、仕事が増えてくると、「民間大学だけでなく、一流大学にも行ってみなさい。きっと大丈夫！」と言って、さっそくある先生に電話をかけてくれた。ある先生とは、僕の人生を劇的に変える仕掛けをしてくれたお爺さん、趙文良《ちょうぶんりょう》教授だった。

ある日、北京郊外にある民間大学に趙先生が来てくれたことがある。変な先生がいる（笑）

というわさを聞きつけ、わざわざ片田舎まで僕の授業を見に来てくれたのだ。

ちょうどその日は、周恩来総理のスピーチを全員で朗読していていた。何人かの学生はこれまでちゃんと勉強してこなかったからか、なかなか流暢に読むことができない。

そこは勝負で、「おーい、この長いセンテンスをみんなで百遍読むぞ！」と叫ぶと全員が悲鳴をあげた。誰だって最初から流暢に読めるはずがない。二十回くらい繰り返すと流暢に読める子がちらほら出てくる。五十回くらいになると、みな余裕の表情になってくる。そこで、「あと五十回！　みんな、がんばれ！　いいか、がんばれ！」と叫ぶと再び悲鳴があがる。


「……九十七回、九十八回、九十九回、百回!!」


最後のコールは、全員が心の壁を破ったときに発する一種の歓声に似ていた。はっきり言おう、偏差値など関係ない。語学は、繰り返しやれば誰だってマスターできる。例外？　そんなものはない！

この日の授業が終わると趙先生が僕に、「いやあ、笈川先生は面白い。これから、いいことがいっぱいあるでしょう！」とおっしゃった。

趙先生の紹介で、僕は清華大学の授業を見学することになった。教室の後ろにちょこんと座って大人しく授業を見ていること二十分、聴解授業担当の先生がいきなり、「みなさん、今日はゲストが来ています。笈川先生、前までお願いします！」とおっしゃった。

かなり緊張した。何を話したのか一切覚えていない。しかし、学生たちの多くは日本人男性を見るのが珍しかったのか、僕がひとこと言うたびに大笑いしてくれた。そして、あれよあれよと一時間ばかり話していた。

その日の夜、清華大学の日本語教研室から電話があり、「明日、もう一度来てほしい。採用の面接をしたい」との連絡があった。おばさんは言った。「千載一遇のチャンスね。何がなんでも、清華大学に行きなさい。何がなんでもよ。わかった？　何がなんでもよ！」

何の前触れもなく、突然、運命の一日が僕の目前にやってきた。

清華大学といえば、朱鎔基《しゅようき》総理や胡錦濤《こきんとう》国家主席を輩出したことでも有名な、中国大学ランキングでは何年も連続して一位になっている超一流大学だ。

面接会場に入ると、まず主任から、前任の日本人教師が大阪大学の研究者、その前は早稲田大学政経学部を出た新聞記者だと紹介された。それを聞いた僕はうなだれた。昔から勉強が苦手だった僕は一浪して十一校受け、唯一受かったのが日本大学だったからだ。

「あの、僕の出身大学は一流大学ではないんです……」

正直にそういうと、主任と副主任は顔を見合わせていった。

「いやあ、実は恥ずかしいことですが、私たちも一流大学を卒業したわけではないんです。私たちも二流です……」

お二人の出身大学名を聞いてみると、超有名大学だった。

「えっ、それで二流大学なんですか？　じゃ、僕の出身大学は二十三流大学ですよ！」

そう叫ぶと、お二人の顔がゆがみ、口を思い切り押さえ、息を殺して笑いをこらえていた。中国では、自虐ネタを使う人はほとんどいない。よいところだけをアピールし、悪い点は口にしないのが常識だからだ。

それからは、「ぷっ、二十三流大学！　あっはっは」と、ときどき思い出し笑いをされながらも、終始暖かい雰囲気に包まれ、面接は無事円満に終わった。

それから、昼食をご馳走してもらい、午後もまたおしゃべりが続いた。さらに夕食までご馳走してもらい、ずいぶん遅い時間になって、「じゃ、来学期からよろしく。絶対に他の大学で契約をしないでください！」と言われた。

その日、僕は清華人になった。

笈川楽譜誕生

民間大学での最後の授業のとき、僕はみんなに言った。「来学期から、清華大学の先生になります。だけど、みんな、ときどき連絡をください！」と。

すると、全員が顔面蒼白になり、空気が止まった。しばらくすると、何人かが怒鳴り出し、何人かが泣き出した。

何の心づもりもしてこなかった僕は慌て、「ごめん、みんな」と頭を下げた。

最悪の空気を残し、僕は急ぎ足でバスに乗り込んだ。いつものように教え子たちがバスを取り囲んでくれたが、風景はいつもとは違っていた。みんな、窓ガラスを叩いて泣いていた。

それから二年後、たまたま町で会った教え子の一人が教えてくれた。その夜、ラジオ番組に一曲リクエストしたと。

「笈川先生が私たちの学校に来てくれた日、両親に電話しました。そして、神様がプレゼントをくれたから嫌いな勉強も頑張ると約束しました。いまでは、日本語も話せるようになりました。でも、笈川先生が今日、私たちの学校をやめると言いました。先生、私たちのことを忘れないでください。お元気で」

リクエスト曲を聞きながら、みんな肩を寄り添って泣いていたという。

二〇〇二年二月。僕はそんなことがあったとも知らず、清華大学での初日を迎えた。民間大学でひとつひとつ大事に積み上げてきた信頼をおいて、ゼロから再スタートを切ることにした。正門に足を踏み入れたときは足も体も心も重かったのを覚えている。体がフラフラになっていまにも倒れそうだった。

清華大学に来て最初に仲よくなったのは王燕《おうえん》准教授だ。いまの僕は、耳が聞こえ口さえ動けば、学生たちの発音を矯正して一生社会に貢献することができると思っている。このような特殊技術を身につけさせてくれたのは、すべて彼女のおかげだ。彼女はどんな声にもなり、どんな発音もできる。彼女の英語を聞けばアメリカ人、日本語を聞けばＮＨＫのアナウンサー。いわゆる語学の天才という人に僕は生まれて初めて会った。

当時、毎晩八時になるときまってベルが鳴り、受話器をとると彼女の明るい声が聞こえてきた。

「あの、教科書を朗読しますから、おかしな発音を直していただけませんか」

半年間休みなく、彼女への発音指導が続いた。毎晩最低四十分、長いときは三、四時間。それを聞くと、「すごいですね！」と僕のほうが褒められそうだが、実際にすごいのは彼女の根気だ。僕はただ黙って聞いていて、たまにうとうとしていた。

僕が中国に来る前、腹話術のプロであるいっこく堂さんに憧れていた。たまに彼を真似、口を閉じたまま話すことがある。実は、そこに日本語の発音を正す秘密が隠されているのだ。日本人とまったく同じアクセントで話しても、日本人の日本語とは思えない、おかしな発音がある。そういった発音も、腹話術を練習させることで、瞬時に直すことができるようになっていった。

そうして、僕はあるときひらめいた。直感だから根拠がどこにあるか説明できない。しかしそれからというもの、発音指導に本腰をいれるようになっていった。なぜなら、発音指導を通して、何か特別なことをマスターできるような気がしたからだ。

半年後、王先生の日本語を聞いた日本人はみな、彼女に留学経験がないという事実を知って驚くようになった。そして、いまからちょうど十年ほど前、劇的に発音がよくなる「笈川楽譜」を僕はつくり出すことになる。この楽譜は、教え子たちにきれいな発音で日本語を話してもらいたいという純粋な思い、アツイ気持ち、そして執念が生んだものだ。ちなみに、楽譜を韓国人の先生たちに見せたところ、韓国人学習者にも役立つと言われた。

これは、アクセントマーク「⌝」と、軽声*のマーク「○」だけが記されているシンプルな楽譜だが、その二つに中国語の四声のマーク「¯」「／」「v」「＼」を加えて、日本語の発音を表現している。

*短く、弱く発音する、中国語独特の音。

ピアノを習い始める人もギターを習い始める人も、楽譜がなければ上手に弾けないだろう。だから、発音よく外国語を話すのに楽譜がどれほど大切か、詳しく説明する必要はないだろう。

僕が尊敬する人に斎藤一人さんという方がいる。彼は、「いまやっている仕事が忙しいから、天職を見つけられない。どうすればよいか」という悩みに対してこう言った。「いまやっている仕事が天職だよ。仕事というのは呼ばれるものなんだ。仕事に呼ばれて、それを一生懸命にやると、自然と天職になっていく」と。

本来なら面倒臭いはずの発音矯正を僕は真剣にやった。それで、誰よりも上手に発音指導ができるようになった。おまけに「楽譜」まで開発することができた。別に国の機関から研究費をもらったわけではない。それにこの「楽譜」で儲けるつもりもない。

仕事に呼ばれ、それを真面目にやった結果生まれた「楽譜」。将来、中国人学習者だけでなく、世界中の日本語学習者たちの目に留まり、大切にしてもらえるなら、それは、このうえない幸せだ。

初めてのスピーチ指導

「これまで六位に入賞したことがないので、ぜひ三等賞を目指して頑張ってください！」

清華大学に来て、すぐに新しい仕事が舞い込んできた。二ヵ月後にスピーチ大会があり、その指導をしてくれと依頼されたのだ。経験はなかったが、「任せてください！」と即答した。自信がないときに日本では、「ちょっと考えさせてください」と返事をし、断る準備をする。しかし中国でそんなことをやってはダメだ。

いつも貴重なアドバイスをくれるおばさんの話によると、どんなときでも、「絶対にできます」と引き受けることが大事で、少しくらい遅れても大丈夫だという。どうしてもできないときは、そのときになって初めて「できませんでした」と言えばよいそうだ。文化の違いというか、習慣の違いというか、ここは中国、日本人のやり方は通用しない。僕は言われるままにやってみた。

さてスピーチ指導は初体験だ。言われたその日に、生まれて初めて中国人の日本語スピーチを見た。衝撃的な三分間スピーチを披露してくれたのは、龔《きょう》さんという名の女子学生。感想を言えば、壊れたおもちゃのスピーカーのようで、うるさいやら耳が痛いやらで、三分後には頭痛がした。同僚の一人がこっちにお辞儀をしながら、「ご愁傷さまです」と言い放った。

しかし、僕には勝算があった。なぜなら数日前に「楽譜」を完成させていたからだ。「楽譜」があれば、中国人も日本人と同じ発音でスピーチができる。あとは彼女に発表の機会を山ほどつくればいい。おばさんからのアドバイスをすぐ実行に移せる人はきっと僕しかいない、そう思った。

それからは、一日一回留学生宿舎へ出向き、僕は「日本人のみなさーん、どうぞ三分間だけ時間をくださーい。よろしくお願いしまーす」と声を張り上げた。すると、十人くらいの日本人留学生がぞろぞろと集まってきて、龔さんは毎日彼らの前でスピーチを披露した。

スピーチが終わると、留学生一人ひとりに問題点を指摘してもらった。彼女はそれを聞いて、ひとつひとつノートに書き込み、日が暮れると寮へ帰って自分で練習していた。

ある日曜日の朝、龔さんを草野球の試合に誘った。試合終了後、両軍合わせて五、六十人の日本人の前でスピーチをしてもらうためだ。大勢の前でスピーチをすれば、本番で緊張することはないだろう。スピーチの目的はみなを喜ばせること、みなを勇気づけること。彼女のスピーチを見て日本人部員たちは驚き、みな「俺も頑張ろう！」という気持ちになった。

さあ、第三回北京市大学一年生日本語スピーチコンテストの本番当日。ほとんどの出場者は、緊張のあまりセリフを忘れるやら途中でやめてしまうやらで、上手なスピーチができなかった。それに引き換え龔さんは堂々としていた。それもそのはず。大勢の日本人の前で何十回もリハーサルしてきたからだ。テーマスピーチも即興スピーチも、ほぼ完璧だった。

結果発表がずいぶん遅れた。

実は、別の大学のある男子学生と龔さんが同点で一位だったのだ。しかし、控え室に集まった審査員たちがもめにもめていた。その男子学生の日本語がうますぎて一年生には思えなかったというのが理由らしい。

後からわかったことだが、彼は日本に十年以上滞在していた帰国子女で、この大会に出場する資格がなかった。審査員たちは、彼を控え室に連れてきて白状させようと話していた。

そのとき、馮峰《ひょうほう》主任が言った。

「その男子学生をここに連れてきてどうする？　彼の人生をめちゃくちゃにする気か？　私が

主催者だ。彼を優勝、龔さんを二位にする。以上。みなさん、席に戻ってください！」

中国のコンテストでは、優勝者は決まって主催校の学生だと言われている。しかし、馮先生のような人がいることを一人でも多くの人に知ってもらいたい。馮先生が、そのとき格別格好よく見えた。

僕のスピーチ指導初体験は、残念ながらそのような形で終わった。

しかし、二ヵ月間の特訓を経て、コンテストにおいては一年生が帰国子女と同点だったことで、結果こそ手にできなかったが、自信を深めることはできた。

その後、龔さんは全国スピーチ大会二位、全国卒業論文コンクールで一位になるなど、清華大学では伝説の先輩になっていく。そして現在、東京大学の博士コースで比較文学を研究している。

運命の人はしっかり「つかまえる」

若い人たちに知ってもらいたいことがある。それは、「あっ、この人だ」という人を見つけたら、絶対にその人をつかまえなければならないということだ。立派な人とお近づきになるというのに、「つかまえる」などと変な表現をしてしまったが、感覚で言えば、子どもの頃、カブト虫やクワガタをつかまえた、あの感覚に近い。

そして、僕は幸いなことに、その人をしっかりつかまえることができた。もし、あのときつかまえることができなかったら、いま頃、僕は何をやっているだろう。自分の運命を恨むような、そんな虚しい人生を送っていたに違いない。

もし自分の人生をよりよいものにしたいなら、絶対につかまえなければならない！

僕は中国に呼ばれた人間だ。

中国に来て十二年、そう思ったことが何百回もある。僕がくじけそうになったときには必ず運命的な出逢いがあった。それが運命かどうかは別として、僕自身はそう信じている。

民間大学で働いていた僕は、ただただ大声で同じセンテンスを繰り返すだけで、授業のやり方を知らなかった。清華大学に来て王燕先生と出会い、発音の直し方を体得できた。そして、スピーチコンテストで実績を積むこともできた。

そして、駒澤千鶴先生との出会いによって、僕は「最高の授業」を知ることになる。

駒澤先生の授業をひとことで言えば「芸術」だろうか。

それまで、何十人かの先生の授業を見学する機会に恵まれた。毎回ネタを用意して、授業を面白く進める先生、テレビに出てくるクイズ王のようにコンピューター頭脳を持っているんじゃないかと疑いたくなるような先生にも出会えた。

しかし、一発ノックアウトを食らったような衝撃は、今後も訪れることはないだろう。今後千年生きようとも、駒澤先生のような教師に出会うことはないと思っている。

初めて彼女の授業を見た日、僕の天狗の鼻が「ポキン」と音を立てて折れた。そして、折れた鼻のことなどどうでもよくなって、彼女の一挙手一投足を目で追った。もう、夢中だった。

彼女の授業は芸術だ。それは、彼女が日本語教育を徹底的に研究しているのみならず、心理学、交渉術、成功に導くコーチング術など、時間を見つけてはセミナーに参加し、他の日本語教師が永遠に持ち合わせることのないさまざまな特殊技術を習得しているからに他ならない。それらの特殊技術が、授業中ふんだんに散りばめられているのだから誰だって敵わない。

具体的に書くと、かえってわかりづらくなってしまうかもしれない。なぜなら、彼女のひとつひとつの行為や発言にはちゃんとした理由があるからだ。しかし、それを細かく解説していくと膨大な時間がかかってしまう。そこで、例をあげて説明する。

彼女の授業は優秀なプロデューサーが制作したテレビ番組のようなもの。次から次へと新鮮で面白いコーナーが用意されていて、その切り替えに要する無駄な時間もない。それにコマーシャルに相当する三十秒から一分程度のリフレッシュ時間もところどころに散りばめられている。また、マジシャンによるパフォーマンスのように、全員があちらを向いているすきに、こちらの道具をしまい、新しい道具を出している。説明がひどすぎて申し訳ないが、これはもう、「百聞は一見にしかず」としか言いようがない。

そんな彼女は真剣にものごとに取り組む人にしか大事なことを教えないタイプの人だった。

だから、いきなり仲よくしてもらえたわけじゃない。まず、僕がやったこと。それは、毎朝学生たちと一緒にジョギングをすることだった。

いま考えてみると滑稽すぎてあきれてしまうが、当時の僕は本気だった。

教案づくりをするとか授業に来てもらうとか、他に考えることはいろいろあっただろうに、とにかく学生たちとジョギングすることが最善と考え、即実行に移した。

ところが、現実は想像とはかけ離れていた。学生たちに、「一緒に走ってくれ！」と声をかけてみたところ、誰一人手を挙げてくれない。仕方なく、クラスで一番素朴そうな男子学生の徐君をつかまえ、無理やり走ってもらうことにした。その結果、徐君の会話力が瞬く間に上達した。すると、「私も一緒に走りたい」と言い出す子が出てきて、半年後には十数人と一緒に走るようになった。朝、夕、晩と走った。土曜も日曜も気持ちいい汗をかいた。

朝から晩まで学生たちと一緒に過ごしていたから、中国人による発音の特徴や誤って使う文法の特徴を、わざわざ文献を調べることなく知ることができた。

「授業以外は学生と時間をともにしない」とプライドを持っておっしゃる先生もいるが、僕は一石二鳥どころか一石三鳥にも一石四鳥にもなるものだから、「これはやめられない」とはしゃいでいた。

「頑張ってるわね、見込みがありそうだから授業のやり方を教えてあげるわ」

ある日、駒澤先生が僕の前に現れた。僕はゴクリと唾を飲み込んだ。

ついにチャンスが訪れたのだ。

それから二年間、彼女からほぼ毎日マンツーマンの指導を受ける機会に恵まれた。謙虚な言い方をすれば「機会に恵まれた」だが、実際には、この機会に食いつき、根性で「つかまえた」のだ。スッポンのように食いつき、寄生虫のように駒澤先生から離れなかった。「え？　そこまではできないわ」と言う人がいるかもしれない。しかし、立派な人とお近づきになって、おこぼれ程度にエキスをいただきたいなんて甘い考えでいたら食いつけるわけがない。一生その人にお世話になる、一生その人のために頑張る覚悟を決めなければ、そこまではできない。

前回紹介した伝説の先輩、龔さんは四年前に北京を離れ、東大へ行く直前にこう言った。

「笈川先生は、駒澤先生と過ごした二年間に次々と奇跡を起こして、とうとうモンスターになった」と。

ただのジョギングが、一人の学生の進路を決めることだってある。一緒にジョギングをしてくれた徐君は、ジョギングをしながら覚えた千以上の諺やオノマトペがのちのち役立った。それらを卒論、修士論文のテーマとして提出、受賞もした。

彼は現在、浙江《せっこう》省政府で実務をこなしながら、僕が言い続けてきた「仕事ほど面白いものはない」という言葉を後輩たちに言い聞かせてくれている。

チャンスは与え続けてこそ

「笈川先生のところで勉強をすれば誰でもトップになれる!」

そんなのはただの噂に過ぎない。例外だってある。僕は魔法使いではないのだ。ただ、僕にひとつのヒントを与えてくれた学生がいる。僕にとって彼はキーパーソンだ。

教師は学生にチャンスを与えるとき、いい加減な気持ちで与えてはならない。その学生が飛躍するまで、何度でも何度でもチャンスを与え続ける。そんな覚悟が必要なのだ。

駒澤先生と出会ったちょうどその時期に張君が入学してきた。

僕はこれまで多くの中国人学生に触れてきたが、日本語学科の場合、往々にして女子学生が多く、男子学生は稀だ。そして、男子学生は二種類いる。女性のような男子学生は言語習得が早く成績も優秀。しかし、男らしい男の場合、言語習得は極端に遅い。成績最下位はどの学年でも男子学生だった。

不幸なことに、張君はクラス唯一の男子学生だった。中間試験、期末試験を合わせ、大学では年四回の試験がある。その試験のすべてにわたって成績最下位になり、名門大学一年目にして張君は挫折を味わった。

同情した僕は彼を誘い、運動場へ出て、毎日一時間日本語会話の訓練を施した。その会話練習によって、日に日に上達が見られた。十月、ここ中国では国慶節に一週間の休暇がある。そこで、ひとつのアイディアが浮かんだ。それは、休み中、彼と日本人留学生を上海・蘇州へ旅行させるというものだった。

農村育ちの彼は当時、旅行に行ける経済状況ではなかった。そこで、前回ご紹介した駒澤千鶴先生と費用を折半し、彼を旅行に行かせることにした。

旅のパートナーは岩手大三年、色白で綺麗な女子学生。彼らが旅行に出ている間、僕の頭には、彼が日本語で上海と蘇州の名所を案内するイメージができあがっていた。

一週間後、二人が北京に戻ってきた。彼は開口一番、「すみませんでした」と謝罪の言葉を吐いた。僕は一瞬、二人に何かあったのかと心配した。しかし、そうではなく、実はその期間、彼らが使っていた共通言語が中国語だったというのだ。彼の日本語は国慶節前より落ちていた。

翌月、清華大学で北京市日本語スピーチ大会が行われることになった。この大会は毎年六月に開催されていたが、その時期にＳＡＲＳ（重症急性呼吸器症候群）が流行し、北京の学校はどこも休講を余儀なくされていた。それでコンテストが半年延期された。

コンテストは二部に分かれていた。一部はスピーチ、二部は演劇大会。張君はなんと、その日の主役に抜擢された。演劇のタイトルは「美女と野獣」。唯一の男子学生だったことが理由だ。

演劇大会の主役に課せられる膨大なセリフの量を彼は毎日少しずつ消化した。そして当日、みごとな演技により、演劇大会の優勝を手にし、彼は審査員から高い評価を得ることになる。その翌月には、清華大学で毎年行われる校内演劇大会で、彼は僕と一緒に漫才をした。漫才の練習中、膨大なセリフを暗記することは彼の日本語の上達を助ける手立てとなったはずだ。

こうして半年続いたマンツーマントレーニングによって彼の内向的な性格が解放され、人前で堂々と話せるようになった。そして成績もきっと上がっているだろうと確信した。

ところが、ところがだ！　結果は、半年前と同じくクラス最下位となった。

半年間、朝から晩まで彼の訓練に生活のすべてを捧げてきた僕は腹を立て、駒澤先生が加わった三者面談では彼に対して声を荒げた。

その後、駒澤先生の特別な配慮により、彼は冬休み中に「日本企業でのインターンシップ」を遂行することとなる。

日本語を学び始めて一年半、しかもクラスで成績最下位の彼にいったい何ができるのだろう。僕は駒澤先生の考えに疑念を抱いていた。しかし、彼女は力説した。

「張君なら百パーセント大丈夫。百パーセント大丈夫！」と。

冬休みを終え新学期を迎えると、すぐに彼の変化に気付いた。クラスの誰よりも積極的に発言し、常に教室の空気をコントロールするようになっていたのだ。僕が驚きながら、「なぜ、それほどまでに変わったのか？」と尋ねると、彼は即答した。

「私はようやくわかりました。この世界には、私よりも日本語が下手な人がたくさんいるのです！」

彼のインターンシップ先には、日本語が達者ではない先輩社員が大勢いて、翻訳や通訳の際、彼はずいぶん頼りにされたそうだ。それで自信をつけたというわけである。

その学期が終わると彼の成績はクラス六位に上がり、次の学期にはクラスで二位になった。内向的だった彼が、スピーチ大会にも参加して北京市大会で二等賞を獲得。

さらに、当時清華大学では一つしかなかった国費留学の枠に、一年生時には最下位の成績だった彼が大学の代表として選ばれ、岩手大学へ一年間の国費留学を果たすことになる。

岩手大学では、彼の存在が伝説とされ、彼は「天才」の名をほしいままにした。大学卒業後、彼はすぐに日本へ渡り、日本企業で勤め始めた。

その後、自らＮＰＯ法人を立ち上げ、現在、社会奉仕に命を捧げている。同時に、東京大学大学院で社会学を専攻し、研究者としての道を歩み始めた。

張君が飛躍できなかったとき、僕は「あれだけ協力したのに、あいつはまったく能力のないダメな奴だ！」と本気で思ってしまった。しかし、実はダメなのは彼ではなく僕だったのだ。彼を飛躍させられなかった僕の能力が足りなかったのだ。しかし、それを認めたくなくて、最後は彼に対して不満を募らせてしまった。

いまなら、時間をかけてゆっくりやればよいだけの話だとわかる。しかし、当時は焦っていた。なぜなら、僕が自分のことだけを考えていたから。

相手のことだけを考えていれば、焦る必要などないのである。

地獄の後の天国

僕が八年間教鞭をとった清華大学では、毎年、理工系学生向けの授業も担当した。清華大学の理工系と言えば、胡錦濤前国家主席をはじめ、習近平国家主席など、国家の未来を担う人材のあふれた場所だ。もしかしたら、三、四十年後、僕の教え子たちが国家リーダーになっているかもしれない。

さて、そんな戯言はここまでにして、僕が清華大学で行ったサマーキャンプでのエピソードについて話していこう。

人は、環境がよくないと勝手に自分で思い込み、不満を持ち続けながら生きてゆく生き物なのかもしれない。しかし、自分をさらに追い込み、耐えきれないほどひどい環境におき、しばらくしてから元に戻すとどうだろう。

学生時代、夏休みに数人の友人が僕の部屋にやってくると、決まってトランプを取り出し、大貧民を楽しんでいた。いつもエアコンを消し、倉庫からストーブを持ち出し、室内をサウナ状態にしていたものだ。一時間ほど部屋で遊んだ後、全員一緒に真夏の炎天下に飛び出したときのあの爽快感を、僕はいまでも忘れない。

清華大学では毎年サマーキャンプがあり、夏休みになると決まって授業を任された。授業の内容を、僕が勝手に決めてもよかったので喜んで引き受けた。

キャンプの間まるまる一ヵ月、朝から晩まで理工系学生とともに過ごした。最初の夏は、いまと違って教室にはエアコンがなく、天井にでっかい扇風機が二つ取り付けられていただけだ。

ある朝教室に着くと、学生たちは誰一人として遅刻することなく教室に集まっていたが、どの学生にも精気が感じられなかった。それもそのはず、教室は完全に蒸し風呂状態だったからだ。

北京は乾燥地帯、三六五日乾燥していると思われがちだが、夏の蒸し暑さはひどいものだ。

その日は朝から三十度をはるかに超えていた。勉強どころではない、これが学生たちの言い分だった。

「先生、お願いです。今日一日だけ休みにしましょう。ここは地獄です‼」

僕は思わずニヤけてしまった。みんなが苦しむ顔を見た瞬間、いたずら心が顔を出したのだ。そして、一旦そのいじわる顔を隠し、平静を装ってみんなにこう言った。

「何？　ここは地獄だから授業を休みたい？　何を言っているんだ。ダメだ。大学は勉強をするところだ、違うか？　いや、違わない。みんな、いまから勉強を始めるぞ！」

真顔でそう言うと、みんなが「えー」と叫んだ。鼓膜が痛かったが、彼らの絶叫を聞いて、気持ちが余計に高揚した。そう、彼らの絶叫が聞きたくて、わざと真面目ぶったのだ。

「お前たち、この暑さに負けるんじゃない。あっ、そうだ、窓を閉めろ！　そして、扇風機を止めるんだ。何をモタモタやっている。早くしろ。おい、これ以上待たせると、先生は本気で怒るぞ！」

学生たちの困り顔を見て、僕は笑いをこらえるのに必死だったが、そこは、空気の読めないアホ教師を演じ、「いいか、みんな。これから全員で、夏目漱石の坊っちゃんを大声で音読しよう！」と叫んだ。

僕は、意地悪な心がときに人の成長を促すことを信じている。

学生たちはしぶしぶ僕の指示に従った。最初、誰も大声で音読するものはいなかった。学生のほとんどがノートを団扇代わりに扇いでいた。しかし十分もすれば、そんなものは何の効果もないことがわかってくる。

二十分が過ぎ、軽く四十度は超えていただろう。暑さだけでなく、異臭も我慢がきかなくなってきた。三十分を超えると、普段内気で声の小さな女子学生が、急に大声で音読するようになった。恥じらいが消えたのかもしれない。その子がそんな調子だから、他の学生たちは狂ったように声を張り上げた。立ち上がって朗読をしても、誰も気にしない。数人の男子学生は、朗読しながら踊っていた。四十分が経った頃、クラス全員がノリノリで朗読し、その日本語は、信じられないほど流暢だった。

「よし、みんな、お疲れさま。では、窓を開けて、扇風機をつけてもいいぞ！」

教室は歓喜に沸いた。サッカーの試合の長いロスタイム、相手の猛攻撃をしのぎきったときのような、全員がそんな最高の笑顔を見せてくれた。

「先生、ありがとう。ここは天国です！」

つい四十分前まで、窓を開け、扇風機をつけていた教室を地獄だと言った学生が、同じ場所を天国だと言い出す始末。人間とは、同じ状況を地獄にも天国にもたとえられる生き物なのだ。

こんな授業をしたら、学生たちの親が文句を言い出すと心配する人がいるかもしれない。しかし、感謝される一方だ。いまでも、彼らから連絡があるたびに、あの夏のことを感謝される。

一人悩むとき、僕は現状よりもひどい状況に自分を追い込む。仲間が悩んでいるとき、僕の経験談を話してから一緒に自分たちをひどい状況に追い込む。スランプのときは、最悪の状況に追い込んだ後、一気に元の状況に戻してみよう。

何も考えずに、一度でいいからやってみてほしい。もしやってくれたら、誰だって説明などなくても、わかってもらえるはずだ。

タイミングの重要性

人と関わるにあたって、タイミングを計るのは面倒だ。だからか、多くの人はタイミングを計ることに気を遣っていないように見える。気配りのできる人でもそうだ。立派に見える人だって例外ではない。

実は、よいタイミングというのがある。相手が鼻をふくらませ、やる気になったとき、相手の目が輝いたとき、それがよいタイミングだ。

ところが、イライラすると自己制御ができず、大事なタイミングを無視し、あくまでも自分のペースでやってしまう人が意外に多い。そうなると、後でさらに大きなストレスに苛まれるに違いない。だから、面倒臭がらず、たった一度でかまわない。ぐっと我慢し、タイミングを計ってやってみてほしい。もしうまくいったら、いま抱えているストレスだってかなり解消できる。そして、一週間くらいは、ずっとよい気分でいられるものだ。

先ほど、僕は学生たちと一緒に蒸し風呂教室の中、大声で朗読した話を紹介したが、その週末、彼らと一緒に香山*へ行き、山登りをした。山登り自体は正味一時間、大したことはない。ただ一味違うのは、僕たちは、清華大学から香山まで歩き、そこからさらに山登りを敢行したことだ。

当日、午前六時に精華大学の西門に集合し、すぐ出発した。大学から香山までは歩くと六時間半。徒歩も最初は気分がよいが、三時間を超えると足にはマメができるし、ふくらはぎは張ってくる。おしゃべりをすることさえ、つらくなってくる。真夏の太陽の下、できるだけ早く香山に着きたい、誰もがそう思っていたに違いないが、次第に、励まし合ったりゲームを考え出したり、誰かが面白い話をしだしたりして、つらさを紛らわせる工夫を始めた。

男子学生たちは絶対に女子の前では弱音を吐かない。女子学生たちも、おじさんが疲れ果てているのを見ると途端に元気になるようで、ふと僕は彼らの元気を引き出す役を進んで買って出ていることに気づいた。

幸い、その日の天気はぐずついていて、途中から小雨がぱらぱら落ちてきた。

香山に到着すると雨脚が早くなり、僕はそれをチャンスだと思い、「山登りを中止しよう！」と提案した。同時に、両足にできた大きなマメを彼らに見せ、プレゼンもばっちりだったはず。

＊北京郊外にある、もっとも有名で人気のある山。

ところが、それまで雨宿りをしながらトランプの大貧民に似たゲームで盛り上がっていた学生たちが急に怒り出し、「ここまで来たのだから当然登るべきだ」と言い出した。

僕は最後の手段を使った。「投票で決めよう！」と言い、彼らを説得した。説得は成功し、おまけに教師は偉いから十票！　という特別な権利も得ることができた。

しかし、結果は十対二十、完敗だった……。

そこから一時間、登山をするはめになった。僕は最後方から一段一段石の階段を上がっていく。十分を過ぎたあたりから声が出なくなった。僕のすぐ上から「先生、頑張って！」と励ましてくれたのは、運動神経の鈍そうな女子学生だった。温かい言葉に返事もできず、なんとか軽く手を挙げた。

四十分を過ぎると呼吸も荒くなってゆく。僕の後方から元気のよいご老人がものすごいペースで階段を駆け上がっていくときだけは二、三分追いかけたが、三分後には諦めて、その場にしゃがみこんでしまう。すると、空からひまわりの種の殻がパラパラと降ってきた。見上げると、ロープウェイで頂上に行くカップルが幸せそうな顔をしながらひまわりの種を食べていた。

頂上では、学生たちが涼しい顔で僕が到着するのを待っていた。

そして、僕がやっとの思いで到着すると、あたかもエベレスト登頂に成功したかのように、みんなが僕に抱きつき、祝福してくれた。僕は涙のひとつも流さなきゃいけないんじゃないかと思うほど、感動的なシーンの真ん中にいた。

山頂ではみんなが好きなことを話した。おもにその日にあった出来事を一人ひとり笑いを取りながら話していたが、僕はここを最高のタイミングと決め打ちした。

「みんな、明日からの授業、絶対に遅刻しないでくれ。約束できるか？　明日からみんなで真剣に勉強しよう。今日のように、苦しいことをみんなで楽しくやろう。約束できるか？　そして、授業中はみんな積極的に発言してくれ。授業中、自分が話したいことをノートに書いてもいい。約束できるか？」

「はい、頑張ります！」

残されたサマーキャンプの間、クラス全員が気持ちをひとつにして授業に取り組んでくれた。このサマーキャンプが終わるまで、「悩み」というキーワードが脳裏をよぎることはなかった。

自暴自棄

清華大学に来て一年が経った頃、「俺は順風満帆だ」と自分自身で信じきっていた。そんなとき初めて挫折を味わい、五ヵ月もの間、尾を引くことになる。

あれから十年経ったいまなら、そのときの悩みなどたいしたことではない、この後の苦しみに耐えるための体力づくりだと笑って済ませられるが、当時その悩みは僕のすべてだった。

スピーチ指導に自信をつけた当時の僕は、北京外国語大学で教鞭をとる日本人の先生に「スピーチの親善試合をしませんか？」と自信たっぷりに話を持ちかけた。

ちょうどその頃は、当時の首相の靖国参拝を見てどの学校もコンテスト開催を控えていたから、学生たちはもう参加のチャンスは来ないと諦めていた。

僕は、全国一レベルの高い学生たちがどんなものなのか見てみたいという好奇心から親善試合を申し込んだが、いま思えば、そのときに思い立っていなかったら、あるいは北京外大の先生が同意してくれなかったら、清華大学の学生たちの成長も、僕自身の成長もずっと遅れていたに違いない。

なぜなら、その三日後にSARSが猛威を振るい、どの学校も封鎖に追い込まれてしまったからだ。もし三日遅れていたら、僕はチャンスを逃していた。しかし、僕はたった一回しかないチャンスをつかんだ。それまで走り続けていた僕に、初めて冷静に考える時間ができようとしていた。

スピーチ親善大会の実施が決まったとき、駒澤先生がこう指摘した。「大はしゃぎしているけど、忘れていることはない？　スピーチの指導してるの？」と。授業中、学生たちには毎回スピーチをしてもらっていたし、特別に指導をしなくても、堂々と発表できるだろうと僕はたかをくくっていた。

それで、大会直前になっても相変わらず朝から晩までジョギングしてばかり、スピーチの原稿も大して直さず、本番当日を迎えることとなった。

清華大学から十名、北京外大から十名が出場した。場所は清華大学、審査員はすべて清華大学の留学生。観衆もすべて清華大学の学生たち。北京外大の学生たちはそれほど不利な条件の中、喜んできてくれた。

このコンテストの途中に気づいたことがある。言語学校は強い。スピーチ力を問う前に日本語力の差が大きすぎる。「私はこれで食っていく」という意識が高いから、日々差が大きくなっていくというわけだ。

大会が終わり、結果発表を聞く前に予想はついた。ほぼ上位十位は北京外大、下位十位は清華大学だった。これが、二〇〇三年四月時点の紛れもない事実だった。

結果が発表された後、清華大学の学生たちはみな現実を前に逃避行しようとしていた。あれから十年経ったが、いまでもそのときのことを口にする者がいない。

それまで約二年間は、前の恋人への復讐の気持ちが僕を急き立て、休むことなく突っ走ってきた。緊張の糸なのかやる気の糸なのかわからないが、それが「ブッチン」と大きな音を立てて切れてしまい、頑張り続けるモチベーションを完全に失ってしまうほど衝撃は大きかった。その日の夜は久しぶりに早く寝て、翌日もその翌日もジョギングすることもなく、一日中ベッドに横たわって天井を見上げていた。嫌なことは立て続けに起きるものだ。

コンテストの三日後、ＳＡＲＳが猛威を振るい始めた。

学校は封鎖され、授業も中止に追い込まれた。ときどき学生たちを運動場に呼んで授業の真似事をしてみたが、学生たちもコンテストの結果に落ち込み、完全にやる気を喪失していた。僕自身もやる気がなかった。まあ、状況が状況だ。青空授業は盛り上がらないまま二、三回でやめてしまった。

ゆっくりとダメになっていく鏡の中の自分を見て、かえって心地よくなっていった。ライオンやチーターに追いかけられたインパラが、最後につかまってしまい、首根っこを強靭な牙でかぶりつかれてしまったとき、目がとろんとして、気持ちよさそうな表情をしていると指摘する動物学者がいる。頭の中でアドレナリンだかドーパミンが出てくるからだそうだ。たぶん、ダメになっていく僕の頭の中にも、そういった成分が湧き出ていたのかもしれない。

突然ジョギングや激しい運動をやめると、すぐに体調を崩してしまう。風邪なのかSARSなのか自分でもわからないが咳が止まらない。咳き込んでいるのを他人に見られるとまずいので、極力部屋の中にいた。食事は一日一食。ほとんどの時間をベッドの上で過ごした。熱は三十八度を超えていた。こういうことは周りにバレたらまずいので、誰かから電話があるときだけはものすごく高いテンションで受話器を握り、声高に応答した。

それから一週間が過ぎ、五月に入ってまもなく、珍しく母から電話があった。しかも夜中だ。僕は咳をこらえて電話に出た。

父が他界した。

入院していたことは知っていたが、突然だった。母は落ち着いていたし僕も取り乱すことはなかった。落ち着いて一旦トイレに行ってからベッドに潜り込んだ。翌朝、再びトイレに行くと、流していない汚物を見つけた。人は動揺すると、普段考えずにできることさえできなくなってしまう。不思議なことに咳は止まり、熱も下がっていた。

僕は、父の葬式に出るため、帰国ビザの手続きをしようと大学の事務室へ向かった。ところが、そのときの事務員がSARSのせいで仕事モードに入っていなかったからか、いつまで経っても動いてくれなかった。結局、一日で取れる帰国ビザを手にするのに十日かかってしまった。

僕が帰国したとき、父は骨になっていた。

第2章

勝負は、そこしかない

父の教え

どこの国でも過激な人はいるものだ。「ぼくは中国が好きだ」。そういうことを書くとネットで「売国奴」などと呼ばれてしまう。気に食わないが、好きだから好きと言って何がいけないのだろう。

だいたい中国じゃなく、「パラグアイかウルグアイが好きだ！」と言ったとしたら、たぶん誰も僕を、「売国奴」とは呼ばないだろう。

もちろん、オリンピックで日本対中国の試合を見るときは、さすがに日本を応援するし、今年、もし中国人がノーベル賞を受賞しても誇りに思わないかわりに、村上春樹が選ばれたら、「ははは、わが国の作家がまたノーベル賞を受賞した！」と言って、自然と笑みがこぼれてしまう。

しかし、十二年前、二〇〇八年のオリンピックが北京に決まったとき、側にいた中国の人たちのように涙は出なかったが、ガッツポーズを取ってもおかしくないくらい嬉しかったし、現在の経済成長を見て、「中国！　もっと行け！　もっと行ける！」と本気で思っている。

もし父がいなかったら、僕はいまのように中国を好きになってはいなかっただろう。

一九九四年十二月。僕は初めて中国の地に降り立った。一年半の語学留学をしたからだ。このとき、父が珍しく、とてもよい助言をしてくれた。

「『もし、中国が好きですか?』と聞かれたら必ず、『好きです。大好きです!』と言いなさい」

これが当たった。どこへ行ってもこの質問をされた。そして必ず、「好きだ!」と答えた。

「私は中国料理が好きです。特に、北京ダックが好きです。中国の歌が好きです。特に、ジャッキー・チュンが好きです」

騙されたと思って言ってみたところ、場の空気が一瞬にしてよくなった。周りの人たちがやさしくしてくれるものだから、本気で「好きだ」と言えるようになるまで時間はかからなかった。まだ中国語を半年しか勉強していない外国人を、大勢の中国人が取り囲む場面がどんどん増えていった。いつも「好きだ」と考え、「好きだ」と口にしているうちに、中国のことが本当に好きになっていった。

父は、僕が高校を卒業するまで、ほとんど毎晩、将棋の相手をしてくれた。

将棋を指しながら、よく戦争中の話をしてくれた。戦争が終わると、父は十三歳で育ての親の家を飛び出し、一五〇センチそこそこの小さな体ひとつで仕事を探していた。

その体で、長い間炭鉱夫として重労働に耐えていた。理由は知らないが、よく大人たちに殴られ、片目は失明して見えなくなった。ホームレスのような生活をしていた時期もあったという。

そんなとき、一日一回食事を与えてくれたのが茨城県のとある小さな料理店を営んでいた中国人夫婦だったそうだ。父は生前、中国のことが好きだった。

僕が子どもの頃（七十年代）、残留孤児が中国で貧しい生活を送っているというニュースを聞き、多くの日本人は、「かわいそうに。日本にいれば幸せに暮らしていたのに、あんなにひどい生活をして……」と嘆いていたらしいが父は知っていた。貧しい生活をしているのは残留孤児だけじゃない。家族みんなが貧しいのだ。そして、貧しくさせた張本人である僕たち日本人は、それをわかっていないことを。

そうやって育てられてきたが、反応が鈍い僕は高校を卒業してすぐに欧米にハマっていった。

二十四歳になり、初めて中国に来たが、中国をここまで好きになったのは、実は二十一世紀に入ってからだ。父の気持ちが僕に届くまで、三十年以上もかかったことになる。

SARSが始まる直前に実施した北京外国語大学とのスピーチ親善試合で、僕は挫折感を味わった。そこからSARSという社会現象に巻き込まれ、さらにやる気を失い、学生たちのやる気を引き出すこともできずに落ち込んでいたところ、体調まで崩し、挙げ句の果てに父を失った。希望の光は完全に見えなくなっていた。

日本に戻ると、「SARSの国・中国」から来たということで、線香をあげに家に来た人たちはみな、僕の顔を見た瞬間一歩退き、呼吸を止め、後ずさりをするように引き返していった。

そのとき受けた差別は言葉にできないほどむごく、いくら自分は大丈夫だと説明しても誰も信じてくれなかった。

葬式を終え、四十九日を迎えてもその差別は相変わらず。誰も相手にしてくれない退屈な日々、唯一の友達はノート一冊だけだった。駒澤先生からいただいたノートだ。僕は未来の計画を、退屈しのぎに書き込んでいった。

魔法のノート

学生時代、ノートは先生が言った内容を書き込むためのものだった。しかし、大人になったいま、学生時代の使い方とはまったく違うものになった。

僕は、駒澤先生がプレゼントしてくれたあのノートを「魔法のノート」と呼んでいる。ノートには、自分の掲げた目標や、やりたいことを書き込んでいく。最初は半信半疑で始めた僕だが、書き込んだ目標を眺めているうちに、ことごとくそれらが実現してゆくのだから、信じるのに時間はかからなかった。

しかし、ただ書き込んでも役に立たない。大事なのは絵を思い浮かべながら書き込むこと。するとイメージが膨らんでくる。具体的な対策も、思いついたらすぐに書き込む。そして、即実行に移す。即というのは、いま。いますぐにだ!

え? それで何をするって? 普段からお世話になっていて、君が尊敬している人に相談をするのだ。そうすれば、自分が思いついたものより、もっとよいアイディアを手にできるだろう。

あのとき、僕はノートにこう書いた。

「十一月の北京市大学一年生日本語スピーチ大会では、何が何でも優勝する。そして、今年の日本語能力試験では、全員が一級試験に合格する」と。

新学期が始まると、教研室の先生たちに向かって宣言した。「今年の一級試験、絶対に合格率を百パーセントにしてみせます。任せてください！」と。

全員一瞬きょとんとしたが、すぐ笑顔になり、「ははは。笈川先生、頑張ってください！」と言ってくれた。その笑顔の意味をあえていう必要はないだろう。

そのとき、ノートをプレゼントしてくれた駒澤先生だけは信じてくれると思ったが、「まあ幸ちゃんらしい。でも、ほどほどにしておいたほうがいいわ」と、ひとことでばっさりきられた。

半ばほら吹き扱いを受けてしまったが、頑張りを見せていれば、必ず駒澤先生の力を借りることができると信じていたし、教研室の教師全員が力を合わせれば、一級合格率を百パーセントにできる自信だってあった。

前年の合格率は六十六パーセント、その前の年は六十九パーセントだった。駒澤先生の理論は、「無理しちゃダメ。一気に成長しようなんて考えたらダメ。ちょっとずつ、ちょっとずつね」というものだった。

四十を過ぎたいまの僕ならその気持ちがわかる。しかし、当時は「イケイケ」だったのだから仕方がない。

「去年が六十六パーセントなら今年は八十パーセント？　とんでもない。絶対に百パーセントだ！」

新学期早々三年生たちに向かって言った。「今週から一級の模擬試験をします。週末は朝八時に教室に来てください」と。学生たちはちょうどいいと思ったのか、誰も文句を言わなかった。週末、僕は集まった学生たちと一緒に模擬試験を受けた。時間が来ると隣同士で丸つけをして点数を出してもらった。もちろん、僕も受けた。

「今日の最高点は先生です。どうだみんな、先生はすごいだろう！　あっはっは！」

日本人が中国人に混じって日本語試験を受けて最高点を取るのは当たり前。しかし、誰も文句を言わなかった。さらに僕はこうつけ加えた。

「葉君は九十点。四百点満点でたったの九十点。このことは馮峰主任と駒澤先生に言いつけます。今日はしっかり反省して、来週はいい点を取ってください！」と。

葉君の顔が青ざめた。

しかし不思議なことに、毎週このように最低点を取った学生が次の週になると成績が一気に七、八十点上がった。そして、あとひと月というときに全員が合格ラインの二八〇点を超えるようになった。

すると、それまで黙って見ていた駒澤先生が、「幸ちゃん、私、見てられないわ。幸ちゃんだけそんなに頑張っているなんて、私、恥ずかしい……」と言ってくれた。

その言葉を僕はずっと待っていた。なぜなら、十一月に半年遅れで開催される北京市大学一年生スピーチ大会が三週間後に迫っていたからだ。僕はどうしても二兎を追い、二兎を手にすることで、半年前に失った自信を取り戻したかったのだ。

僕は学生たちと一緒に一級の模擬試験を受け、「今週も最高点は私だ」と言って威張り散らし、「悔しかったら、あなたが最高点を取りなさい！」と、日本語学習歴たった二年の学生たちを挑発し続けた。

その目的は、彼らの能力を引き出し、駒澤先生や他の先生たちの協力を仰ぐことだった。

一級の試験対策は他の先生たちにバトンタッチして、僕はスピーチコンテストに専念することにした。それからは、もう一級試験のことなど考えなかった。

なぜなら、スーパーウーマン駒澤先生にとって、すでに模擬試験を何度も受けてきた学生たちに高得点をとらせることなど朝飯前、ちょちょいのちょいだと思ったからだ。

僕はそのとき、何が何でもこのスピーチ大会で、北京市ナンバーワンを生み出したいと思っていた。そして、入学当初から目をつけていた劉《りゅう》さんを呼びつけ、駒澤先生の目の前で作文を書いてもらった。

僕の身勝手だが、どうしても結果が欲しかった。絶対に二位ではダメだった。苦労するであろう彼女には申し訳ないが、百パーセント優勝することを彼女の最低限の任務にしてもらった。

僕の苛立ちを劉さんは感じ取っていたに違いない。立場を考えると本当に可哀相だが、後にも先にもこの一回だけはわがままを通したかった。これだけは、誰にも譲ることができなかった。

ここ数年、僕が出会った人に必ず言われるのは、「そのすごいモチベーションは、いったいどこから来るんですか？」という言葉だ。

自分自身、仕事に関しては誇りもこだわりも持ってやっているつもりだが、それ以外のこととなると、てんでダメ。「平凡な人はつまらない！」という人もいるが、僕の場合は平凡以下だということを自分自身が痛いほどよくわかっている。他の人がすぐできることに、ものすごく時間がかかるし、時間をかけてやってもできないことが多々ある。もしかしたら、そのことをわかっているからモチベーションを維持できるのかもしれない。

モチベーションを維持できない人というのは、もしかしたら、普段から自分が特別な人間だと勘違いしているから、ちょっとうまくいかなかったりすると、すぐモチベーションがなくなるのではないかと思うのだ。

誰にだって得意な分野があって、その分野に限っていえば誰だってすごい。しかしそれ以外はどうかといえば、どんぐりの背比べじゃないか。

つまり、平凡じゃない人なんていないということだ。やる気を失った五ヵ月の間に、僕は特別な人間でないことがはっきりわかった。しかし、それがわかったから、いまいる「頑張る世界」に戻ってこれたんじゃないかと思っている。

「理由は二つあります」

さて、一級試験合格率百パーセントは目星をつけることができた。それまで成功したことがないから、ちょっとするとすぐ不安になってしまうが、焦りそうなときは自分に言い聞かせた。「駒澤先生のやる気に火をつけることができたのだから、もう大丈夫。残り一ヵ月、ただただ大輪の花が咲くのを待っていればよい」と。

さあ、スピーチ大会に出る劉さんとのマンツーマン指導が始まった。

二位ではダメ。テーマスピーチには自信があったが、即興スピーチをうまくやらないといけない。ただ覚えたセリフをペラペラ話すだけでは、ほとんどの場合脱線してしまう。おかしな質問にも上手に答えられないと百パーセント優勝する保証はない。そこで思いついたのが、伝説のひとこと、「理由は二つあります」だった。

実は最初は、どんな質問に対しても、劉さんに三つの理由を答えてもらっていた。即興スピーチの練習はどこの大学でもあまりしていないらしいが、劉さんとのマンツーマンレッスンは午後も夜もほとんどの時間を即興スピーチに費やした。そして、百問くらい練習した後、駒澤先生がリハーサルを見にきてくれた。

駒澤先生が適当に質問を出し、劉さんはそれに答える。しかし、理由を三つ答えるものだから、どうしても制限時間一分を超えてしまう。僕は焦っていた。すると駒澤先生が言った。

「理由は二つにすれば？　そのほうが楽でしょう？」

そこで生まれたのが「理由は二つあります」だ。

現在、北京の大学生が就職セミナーのときによく使うのがこのセンテンスだ。地方の学生から聞いた話だが、北京の学生たちが面接会場で次々と自分の主張やその理由を上手に述べるのを見て、「これは絶対に勝てない、完全に別世界」だと思ったそうだ。

それを中国で最初に使い出したのが劉さんだ。何を質問しても上手に答えられるようになった劉さんを見て、僕はすぐ次の行動に移った。

当時、清華大学主催のコンテストでは、出場校各大学から一人ずつ審査員が出ることになっていた。そこで僕は馮峰主任のところへ相談に行った。清華大学から審査員を出さないでほしいという僕の願いを聞いて、馮先生はびっくりしていた。

「他校の審査員全員が劉さんを一位にするよう努力しますから、清華大学から審査員を出さないでください」と嘆願すると、その熱意を買ってくれたのか、しばらく考えてから、「わかりました。では、そうしましょう」と言ってGOサインを出してくれた。

個人的なことを言えば、半年間たまりにたまった悔しさを爆発させたかった。自分の大学から審査員を出さず、他校の審査員だけに評価してもらい、審査員全員が劉さんを一位にすること以外に僕自身の気持ちを納得させられる方法はなかった。

僕は、何としてもここで大きな花火を打ち上げたかった。

そして、いよいよ大会当日がやってきた。

みんなで手にした栄光

大会当日を「人生のターニングポイント」と位置づけ、僕はこの日に賭けていた。

結果、夏休みにノートに書き込んだ計画どおり、テーマスピーチ部門、即興スピーチ部門の両方で審査員全員が劉さんを一位にした。

この大会で二位だった学生は質疑応答の際、質問に対して正面から答えず、途中から自分の用意していた内容に話をすり替え、しゃべり続けるというテクニックを使っていた。

これまでならそのようなことをしても優勝できたかもしれない。しかし、この日をきっかけに、北京市スピーチ大会ではごまかしが通用しなくなってゆく。

この大会で北京市ナンバーワンになった劉さんは半年後に国費留学を決め、一年後には一級試験で三八九点／四百点という高得点を叩き出し、広島大学杯スピーチ作文大会で優勝、全国卒論コンクールでは、前年の龔さんに続き一等賞を獲得した。
同じ大学から二年連続で一等賞が出るのは非常に稀なケースだが、その論文のできばえに満場一致で決まった。

では、なぜ僕が劉さんに目をつけ出場者に選んだのかといえば、彼女には生まれ持った語学センスがあったからだ。彼女は模倣能力に秀でていた。僕はただ、彼女を北京市ナンバーワンにしたかったわけではなく、彼女にしかできないことを求めていた。
一緒に過ごした三週間、僕は彼女を質問攻めにして、発音矯正の秘訣を次から次へと引き出していった。これがいまの財産になっている。

この日、清華大学の学生たちの僕を見る目が突如変わったのを感じた。「この先生について行けば大丈夫だ！」という空気が生まれたのだ。

その頃、三年生たちは一級試験対策にのめり込んでいた。僕には携帯電話というアイテムがある。女子高校生並の速さと学生たちに揶揄されることもあるが、とにかくメールを打つのが速い。
スピーチの練習をしていた頃も、しょっちゅう三年生たちにメールで状況を聞いていた。実際に様子を見に男子寮へも行ったが、試験対策は順調だったようだ。さすがは駒澤先生、仕事にぬかりはない。

しかし、試験当日一人の女子学生が体調を壊した。結果、合格したとはいえ、彼女はその成績に満足ができずに号泣していた。彼女以外は全員が三三〇点以上だった。もちろん合格率は百パーセント。翌年は号泣していた彼女も三七四点を獲得、合格率も百パーセント、平均点は三五〇点を超えた。

合格率が六十六パーセントと百パーセントでは大違いだが、両者は間違いなく同じ大学の学生だ。

これは日本語能力試験の結果に限っていえば、たった一年で中国五百大学のナンバーワンに、しかもダントツのナンバーワンにのし上がったというわけだ。スクール・ウォーズの場合、泣き虫先生一人の頑張りで花園に行けたのに対し、こちらは駒澤先生と教研室の先生全員が力を合わせて手にした栄光だ。どちらかと言えば、みんなで頑張った証のほうが僕には似合うと思う。これは決して負け惜しみではない。

いま思うと、半年前の悔しさをバネにしようと思わなかったら、スピーチ指導も一級対策も考えつかなかっただろう。もちろん、駒澤先生と劉さんに出会えなかったら、魔法のノートに計画を書くこともなかったに違いない。

前の彼女への復讐心だけで燃えていた炎は親善試合で完全に消えてしまったが、父の死により再び小さな灯が灯った。その後、「魔法のノート」には新しい計画が次々と書きこまれている。

勝負が始まるとき

僕の師匠である駒澤先生をひとことで言えば、「弱いものの味方、みんなのヒーロー」といったところだろうか。以前、成績がクラスで最下位だった張君の話をしたことがある。こんなことを言ってはなんだが、教師にとって、ときに迷惑になる存在が成績の悪い学生だ。しかし不思議なことに、成績の悪い学生ばかりが駒澤先生の周りを取り巻いていた。それは本当に不思議な現象だ。

そして、彼女を取り巻く学生たちは卒業後、社会に出た瞬間から抜群に活躍している。今度は張君に続き、もう一人の「弱き」学生を紹介しよう。

清華大学が北京外国語大学とのスピーチ親善試合で大敗したとき、最下位の成績をとった学生が盧《ろ》さんだ。

その日、僕が教研室でうなだれながら授業の準備をしていたところ、彼女が突然やってきて言った。「先生、私にスピーチを教えてください」と。僕は、ただただ彼女を励ますため、人差し指で彼女の顔を指し、「わかった。頑張ってくれ！　あなたは一年後、絶対に北京市ナンバーワンになります！」と言った。彼女は笑顔で、「はい、もちろんです」と答えた。

僕はこの話を駒澤先生にした。すると笑顔でこう教えてくれた。

「幸ちゃん、すごいじゃない。この、『一年後、あなたは北京市ナンバーワンだ』という暗示はね、医学的にも効果があると認められているの。一年後に優勝する保証はないけど、無責任に聞こえるそのひとことは、ひょうたんから駒じゃないけど、きっと現実のものになるわ。だって、そういったケースは世界中で数え切れないほどあるんだから」と。

二〇〇四年三月、国際交流基金の北京日本文化センターには有馬淳一さんというアドバイザーがいた。彼は、日本語を学ぶ学生たちに機会を提供するため、毎月基金の会場を貸し出し、北京市日本語スピーチコンテストを実施していた。当時、コンテストは年一回しかなかったため、毎月開催するというのは誰が見ても画期的なことだった。

第一回大会は、北京市各言語大学の四年生が集まる非常にレベルの高いコンテストだった。ひとつの大学から何人出場してもよいということで、清華大学からは二年生が三人、一年生一人が参加した。彼女たちは、大学から日本語を学び始めたゼロスタートの学生。その中に盧さんがいた。

ちょうどその一年前の親善試合。二分間のスピーチ内容を緊張のあまり小声でたどたどしく話し、四分半かかってようやくスピーチし終えた盧さんが、この一年で変貌を遂げていた。

最初はろくに会話もできず、どんなに僕が「この子は見込みがない」と嘆いても、駒澤先生は僕のネガティブ発言をすべて無視し、愛情を持って彼女の上達を待ち続けた。

しかし、盧さんは半年経っても一向に上達しなかった。僕の考えは間違っていなかったと声を大にして言いたかったちょうどその頃、半年一緒に走っていた張君もクラスで成績が最下位のままだった。だから、劉さんがスピーチ大会で北京市ナンバーワンになっても、能力試験一級の合格率が百パーセントになっても、僕にとってはほんのちょっとの自信にしかならなかったし、その頃は毎日二十四時間この二人のことで頭を悩ませていた。

冬休みが終わって新学期が始まると、日系企業から戻った張君が自信満々に日本語を話すようになり、周りを驚かせていた。そして盧さんも激変していた。

翌月中旬に大学一年生の校内スピーチ大会を実施するため、僕は十八人の一年生にスピーチの指導をしていた。その頃、朝晩の練習に付き添ってくれたのが彼女で、後輩たちの指導をしているうちにみるみる腕を上げていった。

そして彼女は、「私、基金のコンテストに出て、北京市ナンバーワンになります」と宣言した。そのとき僕は思い出した。一年前に放った不用意なひとことを。

コンテスト当日。

全国スピーチ大会優勝の常連校が名を連ねたこの大会で、清華大学は日本語学科を設置してわずか五年。実力不足は一年前に痛いほどわかった。だから、学生たちも僕も結果を期待することはなかった。

「昨秋優勝した劉さんは清華大学だから優勝したのではなく、劉さんだから優勝した」

それは清華大学の学生全員が認識していたことだ。この日が来るまでは……。

日本語スピーチにはうまい、下手がある。きれいな発音で流暢に話し、大げさすぎない程度の表現で観衆を魅了する。これがいわゆる「うまい」スピーチだと以前は思っていた。
この日、盧さんは大化けした。彼女は練習中にも見せない「ゾーン」*に入った表情でスピーチし続けた。それは、僕のスピーチに対する見方、価値観を根本的に覆させる事件だった。ふと後ろのほうに座っていた駒澤先生を見ると、目を真っ赤にしながら震えていた。

結果、並みいる強豪を抑え、清華大学の一、二年生四人が上位四位まで独占した。優勝したのは盧さんだった。その月から、清華大学は北京市日本語コンテスト六連覇を果たすことになる。そして二週間後、僕の人生を変えた「対北京大学のスピーチ親善試合」が控えていた。

気がついてくれた人はいるだろうか。以前書いた張君にしろ今回の盧さんにしろ、すぐに結果は出なかった。彼らの本気の努力に僕は付き合ってきたが、半年で完全に諦めた。半年間、時間を無駄にしたと思った。その間、駒澤先生は僕たちが頑張っても上達しないところを、何も言わずにずっと見ていた。そして、僕の気持ちが切れた瞬間、初めてアドバイスを送るのだった。しかも普段は見せないような鬼の形相で。
確かに駒澤先生の言うとおり、「勝負はそこから」だった。僕は知らなかった。気持ちが切れたときに勝負が始まるだなんて。気持ちが切れるまでだって何十回何百回と失敗しながらも死ぬ気で我慢してきた。もう無理だと気づき、とうとう切れてしまった糸。たるんで役にも立たないその糸を見て、「勝負はこれからよ!」と叫ぶなんてどうかしている。

しかし、いまならわかる。確かに、「勝負は、そこしかない」。

バランスが大事

スピーチコンテストで清華大学が六連覇を飾る直前、僕は東京外国語大学で音声学を研究していた鮎澤孝子教授と連絡を取り合っていた。

当時、僕には音声学の基本知識がなかった。その代わり、学生たちの発音を矯正する多くのノウハウは持ち合わせていた。バランスが悪かったのだ。

そこで、冬休み中に音声学の権威・鮎澤先生に会うため、東京外国語大学を訪ねた。僕は教え子たちがスピーチをしている映像を見てもらいながら北京の状況を話した。

その日、喜んでくれた鮎澤先生からは大量の資料をいただいた。いや、それだけじゃない。

＊スポーツ選手などの集中力が極限まで高まり、自分の実力を百パーセント発揮できるような精神状態を「ゾーンに入る」という。

北京に戻ってからも、日本から郵送で、音声学の論文や音声教材がわんさか送られてきた。僕は次第に音声学にのめり込んでいった。

そして、それらの教材をすぐ使うため、放課後、学生たちを集めて発音指導をしてみた。それまで音声学の基礎がなくアクセントのルールさえ知らなかった僕は、それからの半年、鮎澤先生からのマンツーマントレーニングを無償で受けることになる。鮎澤先生は僕を「メル弟子」と呼んでいる。


その頃、基金のコンテストが終わり、二週間後に北京大学とのスピーチ親善試合を控えていた。北京大学日本語学部は六十年の歴史があり、学生たちは数々の賞を総なめしてきた。一方、清華大学日本語学科の歴史は五年と浅く、それほど実績を残していない。北京大学に胸を貸していただく形だった。会場は北京大学、審査員も観衆もすべて北京大学関係者だった。


そして、二日連続でスピーチコンテストが行われた。

初日は二年生同士、翌日は一年生同士の対決。二年生対決で優勝したのは二週間前に国際交流基金の大会で優勝し、自信をつけた盧さんだった。

結果は、二十九対十一で清華大学の勝ち。翌日の一年生大会では、三十六対四で清華大学が大勝した。

親善試合を終えた僕たちは食事会に参加していた。そこへ、出張から戻ったばかりの彭《ほう》主任が会場にかけつけ、僕を探していた。そして、「来年、北京大学に来てください！」とおっしゃった。

清華大学に来てからちょうど二年。その日、北京大学で教鞭をとる切符を受け取ったのだ。

実はこのとき、清華大学ではあるNPO法人が日本語教師を派遣するプログラムにサインをしたため、僕と駒澤先生は清華を出て行かなければならなかった。幸い駒澤先生は北京外国語大学へ異動、僕は半年間ボランティアとして清華大学に残ることになった。十一月と十二月に、僕は東京外国語大学の大学院を受験することを決め、それまでは少し時間をもてあましていたからだ。

育ててくれた清華大学に感謝のつもりで半年間無償で働くことにした。北京大学からはせっかくありがたいお誘いを受けたが、一旦日本へ戻って大学院に行き、しっかり学位をとってくると伝えた。

しかし、中国は僕を放してはくれなかった……。

受験前日、僕は実家の福島県双葉郡広野町にいた。生まれ育ちは埼玉県だが、僕の大学卒業を待って、両親は故郷の福島に戻っていた。そして、前年の二〇〇三年に夫を亡くした母は、息子が日本に戻ると聞いて喜んでいた。

あれから八年、まさか原発事故で避難生活を強いられるとは、当時の母は思いもしなかったはずだ。

僕は、受験の前日に東京へ行くつもりだった。ところが、日本に着いた途端に風邪をひいてしまい、受験前日には熱にうかされ、東京へ行ける状態ではなかった。

受験当日は大雪の降る中、朝三時半に起き、始発に乗って東京の受験会場へ向かった。一時間半の遅刻。急いで筆をとったが一次試験で落ちてしまった。

結果が知らされたとき、僕は北京にいた。その頃、ボランティアとして清華大学の一年生の会話授業を担当していた。生まれて初めて一年生の授業を受け持つことができたのが嬉しくて、ほぼ毎日一日中、彼らの専用教室に入り浸っていた。一年生たちは、僕が日本の大学院へ行けなくなったのを知るとおおはしゃぎしていた。四年間、ずっと一緒にいられると思っていたからにちがいない。

しかし清華大学には残れない。このことを一年生たちに告げられないまま、いたずらに時間が過ぎていった。

当時、僕は他人の千倍は努力しているという自負もあったし、実力さえあれば、そして結果さえ出していれば誰も文句は言わないだろう、などといった生意気な考えも持ち合わせていた。しかし、力技だけで勝ち進んでいる間は大して得るものもなく、かえって他人を傷つけてしまう。コンテスト六連覇の後、毎回負ける悔しさから言行がおかしくなり、狂ったように帰国してしまったという他校の教師もいた。

頑張って成果を出したら万事ＯＫと豪語する人もいるが、あの考えは間違っている。僕は頑張り方を誤った。スピーチの指導に夢中になり、他のことが見えなくなっていた。清華大学内の流れを読めなかったことで失職してしまったし、大学院の受験を甘く見ていたために進学もできなかった。

自分はコンテストには強い、ということだけはわかった。しかし、自分の特技の活かし方がわからなかったし、頑張れば頑張るほど他人を傷つけてしまう悪循環の中、モチベーションを持ち続ける自信さえ失ってしまった。悩みに悩み、最後にはっと気づいたのは、「バランスが大事だ」という基本的なこと。きっと、誰もがすぐ出せるだろう答えにたどり着くのに、僕は長い時間がかかってしまった。

この後僕は、九月に入学したばかりの新入生たちをコンテストに出場させるようにした。なぜなら、「さすがに新入生たちなら優勝しないだろう」「誰にも嫌われずにコンテストに出続けることができるだろう」などと思ったからだ。練習量はそれまで以上にやった。思い切り練習してコンテストに臨み、しばらく二等賞が続いた。

「一年生のわりには上手ね」「本当に日本語を学び始めたばかりなの？」などと褒められはしても、足を引っ張る者、嫉妬する者はもう出てこなかった。しかし新入生も、学習歴半年を過ぎると優勝してしまう子も出てきて困った。ただ、優勝を続けなければよいとわかったので、優勝した次の大会には出場しないと決めていた。

これが、長く続ける秘訣だと、そのときひとつ利口になった気がする。

相手をつり上げる

駒澤先生と過ごした二年間で一番印象深かったのは、彼女が学生たちの隠れた才能を次から次へと引き出していくところだ。

ちょうどその頃、僕はナポレオン・ヒルの成功哲学を必死に読んでいたし、駒澤先生がいつもやっているように理論を実践に移してみたかった。そこで、成績のよい学生ではなく、いつも悩んでいるような学生に声をかけてみることにした。

ある金曜の夜、ふと専用教室をのぞくと、一人の一年生が泣いていた。それを見た瞬間、彼女が失恋をして泣いているのかと思ったが、彼女は深呼吸すると教科書を広げ、勉強を始めた。驚いた僕は、教室に入ってわけを聞いてみた。

「来週月曜の朝一番に小テストがあります。しかし、新出単語が多すぎるので覚えられません」というのだ。僕はこう言った。「先生は魔法使いなんだ。だから、月曜の小テストで百点にしてあげよう！」と。彼女はたちまち笑顔になり、日本語で「ありがとうございます！」と明るく返事をした。

感謝の言葉を聞いた僕はすかさず、「じゃ、いまから三十分間時間をあげよう。三十分ですべての単語を覚えなさい」といった。すると、「無理です、無理です。絶対に無理です」と叫び、再び涙声が教室中に響いた。「じゃ、一時間半の時間をあげよう。一時間半ですべての単語を覚えなさい」というと、「無理です。許してください」と叫び、涙声は止まらなかった。

僕は鬼の形相で、「じゃ、わかった。そうだな。明日のこの時間、夜九時半にまた来るから、それまでにすべての単語を覚えておきなさい。明日のこの時間にチェックします。わかりましたか」というと、しぶしぶ「わかりました」と日本語で答えた。

翌日、同じ時間に教室に入ると、前日とはうって変わって明るい顔があった。僕は一応聞いてみた。「全部覚えましたか?」と。彼女は黙ってうなずいた。

単語は全部で二百個ほど。僕は単語をひとつひとつ中国語で言うと、彼女は日本語で答えた。これを三回繰り返した。全部で四十五分くらいかかっただろうか。

僕は、彼女が完全に覚えていたことを確認してからどうでもいいおしゃべりを始めた。おしゃべりと言っても、日本語を学び始めたばかりの彼女が自由に話せるわけがない。しかし二百個の単語を一気に覚えた脳みそには、スポンジが水を吸収するがごとく、次々に新たなセンテンスが詰め込まれていった。

月曜の朝、クラスで一人だけが満点を取った。それが誰か言う必要はないだろう。

彼女の名前は熊ちゃん(本来なら熊さんと呼ぶべきだが、彼女が入学してきたときから熊ちゃんと呼んでいたから、ここでも熊ちゃんとしたい)。

在学中、熊ちゃんは北京市日本語スピーチコンテストで優勝したことがない。コンテストが終わるたびに涙をこぼしながら、「私はスピーチが下手です」と言っていたが、僕はそうは思わなかった。コンテストで優勝したからスピーチが上手なのではない。実は、優勝するためのスピーチというのがある。そして、もしその上を狙うと、なぜか優勝から遠のいてしまうのだ。なぜなら、あまりにスピーチが上手すぎると、審査員に嫌われてしまう恐れがあるからだ。学生のスピーチは可愛いくらいがちょうどいい。

しかしプロは、アマチュアレベルを徹底的に嫌う。厳しいプロの世界で生き抜くためには、プロの技術が必要になってくる。ここでは長くは書かないが、スピーチのプロのなかでも最高にうまいのは、落語家さんであり漫才師だと思う。

さて、熊ちゃんには日頃からプロレベルのスピーチを求めていた。その後、彼女は某商社に内定し、卒業後の半年間は上海で研修を受け、その後東京勤務となった。それから半年も経たないうちに、日本全国を一人で飛び回り、就職セミナーでは日本の大学三、四年生を相手に一日八時間スピーチをしていた。彼女のスピーチを聞いた日本の大学生はみな、彼女が日本に留学したことがないなんてとても信じることができなかった。

日本人並の日本語力を、いや、日本人以上の日本語力を中国国内でいくらでもマスターできるというわけだ。以前書いたことがあるかもしれないが、いい復習の場になると思うのでもう一度書いておきたい。

相手に歩み寄るだけで満足してしまう人がいるようだが、それだけでは絶対に足りない。歩み寄ってしっかりと信頼関係を築いたその瞬間、つり上げることが大事だ。つり上げる瞬間というのは、つまり相手が心の壁を破って、一気に成長を見せる瞬間だ。教育も、そういうことなのではないかと思う。

熱意と謙虚さをもって

「北京大学だけには行かないで！　なぜ、私たちを裏切るんですか？」

大学院受験に失敗した僕は、清華大学に残る道も閉ざされていたので途方に暮れていた。そんなとき、久しぶりに北京大学の彭主任から電話があった。

その日に呼ばれて契約をして、ついでにスピーチ指導も依頼された。実は、その年から北京市大学一年生スピーチ大会が北京大学で開催されることになっていたのだ。そして、北京大学の代表・鄭さんを上位三位以内にしてほしいと言われた。大会は二週間後。客観的に見れば手遅れだったが、僕はここでも、「任せてください」と答えた。しばらく会っていなかったが、おばさんの教えはいつまでも忘れない。

清華大学の学生たちは、僕が北京大学に行くことを知って態度が変わった。

「北京大学だけには行かないで！　なぜ、私たちを裏切るんですか？」

最後の授業では、教え子たちが目を真っ赤にしてこう言ってきた。僕は、「みんな、ごめん」と頭を下げた。頭を下げたまま何も言わなかった。僕が清華大学に残れなかったことを話せば後任の先生たちに迷惑がかかる。僕は異動を繰り返すたびに学生たちに恨まれる。そういう運命なのかもしれない。

最後の半年、僕は清華大学の学生たちのためにやるべきことはすべてやったつもりだ。

たとえば、鮎澤孝子先生がつくった「鰯テスト」という音声テストがある。そのテストを清華大学の学生たちに試してみたところ、一回目から半数の学生が満点、平均点は九十九点だった。北京大学に着任して最初にこのテストを実施したが平均点は六十点だった。

それから、北京外国語大学と二年ぶりにスピーチ親善試合を行った。二年前とは正反対の結果になった。

また、国際交流基金で北京市日本語朗読大会が実施されたが、その大会で優勝したのは清華大学の日本語学習歴半年足らずの一年生だった。その大会は、中高六年間学んでいた学生たちが何人も出場するほどレベルの高いものだった。

ただ、心残りがひとつあった。それは、僕が去る前に、清華大学の代表・李さんを北京市大学一年生スピーチ大会で優勝させられなかったことだ。李さんは一年間ずっと一緒に頑張ってきた仲間。僕が北京大学に異動すると聞いて最初に涙を流し、大泣きしてくれたのも彼女だ。コンテストでは、李さんの成績はダントツの一位だったが、四分間遅刻したという理由で特別賞にされてしまった。そして優勝したのは北京大学の代表である鄭さんだった。僕は北京大学で株が上がり、清華大学の学生たちからは顰蹙を買った。これが僕にとって清華大学での最後の仕事になった。

清華大学を去る日、馮峰主任から声をかけてもらった。

「三年半、本当にありがとう。今回、笈川さんを残せなくて申し訳ないと思っています。一年後、また戻ってきてください。そのときには何年も続けられるようにしますから……」

僕が清華大学で羽を伸ばしてやってこれたのは、すべて馮先生の支持があったからだ。二年後、僕が再び清華大学に戻ることになって、北京市各大学の学生を集めて日本語の特訓をしていたときも、馮先生は目を細めて見ていてくれた。主任なのだから、清華大学の利益だけを考えるのが普通かもしれない。しかし「中国の学生たちのために頑張っているのだから、ありがたいことだ」と許してくれたのだ。

日本語教師を始めて四年、僕は相変わらず闇の中にいた。しかし、ここから始まる北京大学での二年間で、真っ暗闇から僕を救い出そうとする人たちが次々と現れる。

人との出会いで人生は変わる。実力や経験で人生が変わるわけじゃない。このことは、成功者と言われる多くの人が言っているのだから間違いないだろう。そして、人との出会いでキーとなるのは熱意や謙虚さだ。

人は、何かうまくいったりすると、天狗になってしまうことがある。おそらく、どんなに立派な人でも一度くらいはこのことで失敗したことがあるんじゃないだろうか。天狗になっているときに誰かに出会っても顰蹙を買うだけだ。ところが、うまくいったにもかかわらず天狗にならないときもある。そんなときに出会う人は、きっと君をサポートしてくれるだろう。

よくタイミングが大事だというが、うまくいっているにもかかわらず熱意も謙虚さもあるとき。これがグッドタイミングなのだと思う。もちろん、うまくいかないときに誰かに助けてもらえるときもあるから、僕が言ったことがすべてではない。

清華大学での三年半、僕が過ごした世界は非常に狭かった。井の中の蛙同様、情けないくらいに自分に酔っていた。それは、それまでの三十二年が本当に惨めで、そこから抜け出したいという強い気持ちから生まれ出たものだ。

天狗になりたくてもなれなかったときには、うまくいって天狗になっている馬鹿を見てアホかと思った。しかし実際に自分が天狗になってみると、自分はどんなことでもできるんじゃないか、天狗になっているほかの「馬鹿」とは違い、自分だけはこのまま天までのぼれるんじゃないかとさえ思った。

しかし、やっぱり天狗になっているほかの「馬鹿」と僕はまだ同じだったのだ。

第3章

優秀な人材を

「育てたい」

北京大学のＧＴＯ

北京大学のキャンパスに初めて足を踏み入れたとき、心の底から逃げ出したいと思った。いつもそうだ。清華大学に初めて入ったときには体全体が重かったのをいまでも覚えている。僕は、一流大学とか最高学府とかいう場所が苦手だ。

当時の僕を知る人はよくこう言う。「あんなに性格の尖った教師は他にいない」と。そこには駒澤先生がいなかったし、三年半苦楽をともにしてきた仲間たちもいなかった。前任の先生は東京大学で博士号を取得した方で、僕は学士。それと、北京大学の教師だという理由だけで近寄ってくる変な人たちもけっこういた。どこから聞いてきたのか、まったく知らない人からの電話をとるのも面倒で仕方がなかった。着任早々、僕はノイローゼ気味だった。

二〇〇五年。この年、僕は四回入院した。二月に雲南省から北京に戻ってきた途端に急性胃腸炎を患った。五月に湖南省を旅している途中に盲腸炎になり、八月に北京で飲みすぎて急性アルコール中毒、十二月に西安の病院で急性胃腸炎と診断された。いま考えてみると、この年は僕にとって人生最悪の一年だったともいえるが、その年、僕自身は最高の一年だと信じきっていた。

その頃、僕は目の前に敵が現れたら思い切りなぎ倒し、思い切り暴れていた。僕を敵視する人が現れたら、返り討ちにしてやった。髪を金髪に染め、暴力的な言葉遣いをしていた。常に強面でいたので、僕に直接嫌味を言う人はいなかった。僕の陰口を言う人はいたらしいが、そんなことは一向に構わなかった。

当時、相手の心をナイフで突き刺すような危ない雰囲気を持っていなかったら、いつ自分が刺されるか(もちろん、本物ではない)わからなかった。それは、まさに自信のなさの表れだったが、自信がないところを他人に指摘されたくもなかった。それで、心の中で常にナイフを振りかざしていたというわけだ。それに、やけになっていた自分に、少しだけ「心地よさ」も感じていた。

ところで、北京大学には自由な校風があった。そのおかげで金髪もすぐに受け入れられたし、暴力的な言葉遣いはドラマGTOになぞられ、学生たちは喜んで僕の言葉遣いを真似していた。北京大学にはひとつすごいところがある。清華大学ほど真面目に勉強する学生は多くなかったが、飛びぬけたというか突き抜けたというか、とにかく清華大学でも見ることのできないものすごい能力を持った学生がいた。日本語学部に入学する前に、独学ですでに日本語をマスターしていた二人の一年生がいたのだ。この二人を国際交流基金のスピーチコンテストに出すとすぐ優勝、北京外国語大学で行われたアフレコ大会でも拍手喝さいをもらい、また優勝。僕は努力することなく、着任早々いきなり実績を積むことができた。

彼ら二人はすぐ名前を知られるようになり、どこへ行っても「スーパー一年生」と呼ばれるようになっていく。清華大学に着任したばかりの頃、僕はすぐにジョギングを始めたことをここでも書いたが、北京大学に来てまずやったのは、ジョギングではなく電話によるスピーチの指導だった。

その二年前、清華大学とのスピーチ親善試合で大敗を喫した四年生たち。授業を通して次第に自分の日本語力に自信を持つようになると、僕にはスピーチの指導をするよう求めてきた。週二コマあった四年生の授業では最初、誰も自分の主張をはっきり言える学生はいなかったが、それは「方法」を知らなかったからに過ぎない。

その「方法」を教えるということは、彼らに翼を与えるようなもので、池の中にいた鯉が、突然滝を登って龍になる瞬間を僕は見た。眠れる獅子たちが目を醒まし、ひと月もしないうちに特殊技術をマスターすると、日本の大人並の討論ができるようになった。

それと毎週一人だけ、毎日電話でアクセントや発音のチェックをした。三分間スピーチでは百二十ヵ所以上あったアクセントの間違いも、最後にはほとんどゼロになる。その後、声の出し方から表現まで指導をし、できあがったところで授業中に発表してもらった。

発表する学生たちの劇的な変化は見ていて面白く、それを目にしたほかのクラスメートたちは次々に、「来週は僕に」「来週は私に」とリクエストをしてきた。

北京大学に来た瞬間、僕は子どもに人気のマジシャンか紙芝居のおじさんにでもなった気がしていた。しかし指導は確かに厳しくやった。あまりにも厳しくやるものだから、彼らは僕のことをオイカワ（笈川）ではなく、オニカワ（鬼川）と呼ぶようになった。彼らは僕が入ってきたことで、「北京大学は最強」と言い合うようになった。僕はこの年を人生最高の一年だと思っていた。

中国から見た日本企業

中国で日本語教師をしていると収入が少ないという理由だけで、駐在員の方から軽く扱われることがある。いや、日本語教師だけでなく、現地採用で仕事をしている人たちも、境遇は僕らと大して変わらないかもしれない。中国で仕事をする明確な目的や目標、そして意志がなく、ただただ中国にいたいという感覚だけでここにいると、毎日の仕事で上司や同僚に一目置かれる存在になることは難しい。

日本からきた駐在員の目から見れば、「月収たった十万円で満足している現地採用の社員や、月に五、六万円の給料で働いている日本語教師に崇高な志があるわけがない！」というのが本音だろう。実際、仲よくしていただいている方々からは、社会保障の問題など、耳の痛くなるようなお話を何度も聞かせていただいた。

僕は、北京大学で一年間教鞭を取って、すぐに清華大学に戻るつもりでいた。それで最後の半年は思い出づくりのために教え子たちと一緒にイベントを開催しようと考えた。僕の年収分の額をたった一日で使い切るような、そんな大きなイベントを開催したかった。なぜなら、「安月給でもこんなにすごいことができるんだ。僕たちを嘲笑う駐在員たちを見返し、もう二度と馬鹿にはさせないぞ！」という、純粋な乙女心に火がついたからだ。三十五を過ぎた中年が乙女心を語るのは滑稽だが、僕のやりたいことについてきてくれる教え子たちはたくさんいる。彼らと一緒に馬鹿ができるというのは、なんとも楽しいひとときだ。

二年生の会話の授業を使って、学生たちがそれぞれ思い出づくりのイベント開催についてプレゼンをし、選挙によって「北京市日本語アフレコ大会」を開催することが決まった。アフレコ大会とは、最近、全国各地で行われている人気の大会だが、その中身は、アニメやドラマ、動画ならどんな素材でもよいが、声の部分を消し、学生たちは消したセリフを自分の声で合わせる。発音のよさと表現力を競うコンテストだ。

北京大学の学生たちが初めて主催するということもあって、みなドキドキワクワクしていた。若者の勢いは凄まじい。どの企業に声をかけてもすぐ協力が得られたから資金はまたたく間に調達できた。日本大使館も基金も協力してくれたし、マスコミ各社もかけつけてくれた。観衆は五十人くらい集まれば御の字かと思っていたが、客席は三百では足りず、いったいどれくらい人が集まったのかもわからない。

大会は大成功に終わった。その日、中国教育部の北京教育委員会の方々も見にきてくれたおかげで、翌年はこちらが資金集めに苦心することなく、史上最大のビッグイベント（ビッグを重ねて失礼）を開催することができた。

実はこのイベントを準備している間に、僕はこれまでにないプレッシャーを抱え、悩みこんでいた。教え子の一人である四年生の郭さんが、卒業後に日本で仕事をしたいと言い出したからだ。しかし、ある会社の面接を受け、語学力が足りないことが理由で不採用が決まった。仕方がない。僕がここにくる前の三年間、郭さんは遊び呆けてきたのだから。ただ僕が来てからの半年、本当によく頑張っていた。

彼女はどうしてもその会社に入りたいと言うものだから、僕は仕方なく社長に電話し、アポを取るとすぐタクシーでホテルに向かい、郭さんに就職の機会をいただけるよう深々と頭を下げた。社長はその行為に感動こそしてくれたものの、語学力が足りないのは致命傷とのことで、すぐに採用とはならなかった。僕はそこで引き下がることができず、「夏まで時間をください。夏までに郭さんをなんとかしますから」と言った。すると、「いや、夏までは無理。四月にもう一度来ますから、あとひと月半でなんとかしてください」とおっしゃった。そのとき、「こん畜生」と思ったが、とにかくひと月半でなんとかしなくてはいけない。焦りに焦ったが答えが出ない。僕は再び途方に暮れることとなる。

そのとき、もうすぐ中華杯スピーチ大会が始まるというので、出場予定だった同級生の徐さんが毎日練習に来ていた。彼女にも郭さんへの会話レッスンを手伝ってもらい、この日から「日本語特訓班」が始まった。いまでは大連や西安でも行っているこの特訓班は、このときここで始まった。

後で聞かせてもらったことだが、それからのひと月半、彼女は人生最高密度で日本語の勉強をしたという。四月に採用通知を手にしたとき、僕は彼女に言った。「俺の面子のためにも、絶対に三年以上仕事を続けること！　わかったか？」

その会社には他にも数名の中国人学生の採用が決まっていたが、能力的に郭さんよりも上と見られていた他の学生たちは半年以内にすべて退社してしまった。後にも先にも三年以上勤め上げたのは郭さんだけだった。

理由は簡単。彼女のために頭を下げた人がいたからだ。それが僕でなかったとしても、結果は同じだったと思う。中国の学生を日本の企業で長く勤めさせたいと考えるなら、入社前に彼らのために頭を下げる人間の存在が必要だ。ここの人たちは日本人以上に「義」を重んじるからだ。

もしかしたら、日本企業の方は、中国人学生が卒業後、日本企業で勤めることを夢だと思っているると考える人がいるかもしれない。しかし現実は想像以上に厳しい。

先日、清華大学の教え子たちに率直な気持ちを聞いてみた。卒業後の進路として、日本企業に勤めるという選択肢はあるのかどうか。

すると、「第八希望として選択肢に入っている」と彼らの意見はほぼ一致した。まずは、中国が日本以上に学歴を気にするお国柄だからか、欧米（ハーバード大やオックスフォード大）への留学が第一希望だ。次に日本語専攻の学生ということで、希望するのは東京大学か京都大学への留学。ちなみに一橋大学や早稲田大学が最低ラインで、それ以下は考えられないという。そして、第三希望は北京大学か清華大学の大学院に進学することだった。第四希望からが就職組だ。そのなかで、「落ちこぼれ」ではない範囲での就職組といえば、国家公務員。次が地方公務員。第六希望は、成長著しい国有企業。その次が、一年目でも頑張れば月に一万元以上稼げる外資系企業。そして、「落ちこぼれ組」の中の最後の最後、第八希望が日本企業だった。

日本人の僕にとってこの結果は本当に悲しいものだった。そして、苦し紛れに、なぜ第八希望なのかを聞いてみた。すると以下のことがわかった。日本企業では給料が安いうえに昇進も望めない。いまだに中国人社員を工員（工場で働く社員）と見ている上司がいる。七、八年ほど前までは優秀で尊敬できる駐在員も少なくなかったそうだが、最近のプロ意識のない四十代の上司の仕事振りからは見て学べるところがない。自分より能力が劣る（と自分では思っている）

日本人の給料が高いので不公平……などだ。

これらの理由は、中国のエリートに限ったことかと思っていたが、実はそうでもなく、タクシーの運転手や農民工までが知る北京の常識になっているという。彼らは言う。「残業ばかりさせられて、家畜のように働かされている日本企業の社員たちは、私たちよりも給料が安い」と。

中国人との付き合い方

僕は、エコヒイキをする悪い教師だ。着任早々三年生の会話授業を受け持ったが、来てくれたのは二人だけ。その二年前のスピーチ親善試合でプライドを傷つけられた三年生たちが僕を嫌っていたからだ。ところが、しょっちゅう遊びにくる三年生の男子がいた。

彼の名は張君。当時、僕の髪は金髪だったが、彼は僕と遊ぶようになって髪を真っ赤に染めた。いつも僕の荷物を持ってくれるし、一緒にいると気分がいいしで、何かあるとすぐ彼に電話をしていた。

その学期は、スーパー一年生たちの活躍ぶりが伝わり、次の学期には三年生全員が僕の授業を履修してくれた。授業が始まるとすぐに張君をはじめ、クラスの男子全員が僕の部屋に来てくれた。

実は、この学年にはある問題があった。男子学生たちは成績も能力も足りないという理由で女子学生全員から馬鹿にされているというのだ。授業中、男子学生が先生に指されても、上手に答えられないどころかもじもじしてしまい、無駄に時間を使ってしまうことがあった。無駄な時間は、頭のいい北京大学の女子学生たちがもっとも嫌う瞬間だ。このときの女子学生全員の冷たい視線に耐えられないと、男子学生の誰かが言ってきた。そこで僕たちはちょくちょく秘密裏に会議を開き、男子学生の汚名返上作戦を決行することにした。

会話授業の期末試験は、最終日に開催する「学生シンポジウム」。その日は、一人ひとりが北京大学日本語学部を卒業した先輩たち（相当な有名人も多数いた）に連絡してインタビューをとり、後輩たちに向けたアドバイスをもらい、それらをまとめて発表をするつもりだった。そんなことを授業中に僕が提案すれば、普段からイニシアチブを握っている女子学生たちが、男子学生たちを無視して勝手に段取りを決めてしまうに違いない。そうならないため、男子学生たちが予め段取りを踏んでから、期末試験の内容を発表することにした。

期末試験の内容を発表するときに教室がざわめいた。なぜなら予定どおり、男子学生が全員教壇の前に立ち、「期末試験の提案」というテーマでプレゼンを始めたからだ。彼らの話が終わると当然女子学生たちの間からブーイングの嵐が巻き起こった。そこで僕が登場。

「みんな、いったい何を考えているんだ！　こんなに素晴らしいアイディアを考えてくれた彼らを尊重する気持ちはないのか？　まったく信じられない！　本当に素晴らしいアイディアをありがとう！　よくやった！　先生は感動した！　これほど素晴らしいプレゼンを初めて見た！　どうだ、みんな。彼らの思うとおりにやってみないか？」

僕はそう言って、そそくさと満足げな表情のまま教室を出た。その後、女子学生たちがあれこれ文句を言ってきたらしいが僕の知ったこっちゃない。僕は最後の会議で男子学生たちに向かって言った。「耐えるんだ、いいか！　何を言われても、これだけは実行しなければならない。司会者や発表リーダーは全員女子学生にやってもらえ。彼女たちをおだてて花を持たせるんだ！　このイベントだけは絶対にやり遂げろ、いいか！」と。男子学生たちは帰るときには全員が笑顔になり、心は燃えていた。

そしてこの学生シンポジウムは、男子に花を持たされた女子学生が頑張ってくれたおかげで、最高の盛り上がりを見せた。

学生シンポジウムは成功したと言える。なぜなら、先輩たちのアドバイスを聞いていたおかげで、三年生たちは、四年生になると、他校の学生よりもいちはやく進路を決めることができたからだ。高い意識を持って準備をしたから、年内にはほとんどの学生の進路が決まっていた。これはすごいことだ。しかし、張君をのぞいてだった……。

張君は、どの会社の面接を受けてもなぜか落ちてばかり。しかし僕は言い続けた。

「いいか、張君、お前には特別な才能があるから絶対に自分を安く売ったらダメだ。ああ、本当によかった。これまでの会社に合格していたら、お前の力は発揮できなかったところだ。そのすごい才能を生かせるところが必ずある。焦らず待ってなさい！」

彼は最初、「自分には才能がない」と言っていた。しかしちょうどその頃、日本人留学生を八人集め、五十日間連続の中国語特訓班を無償で実施していて、張君はそこで人気講師だったので、毎日僕は、「お前には才能がある、お前には才能がある」と言い続けた。

実際に彼ほど他人の気持ちを察することのできる男はいない。日本語が下手？　一級試験に合格できない？　そんなものは関係ない。北京大学主催の「北京市日本語アフレコ大会」では、彼が大学の代表として総合司会をつとめた。お偉いさんの挨拶では、司会の彼が準備もなく逐次通訳を引き受けた。あんな下手な通訳を見たことはないが、会場は最高に盛り上がった。

卒業間際になってそんな彼から電話があった。興奮した声が受話器の向こうから聞こえてきた。彼は千何百倍の競争率をかいくぐってＣＣＴＶ（中国中央テレビ）に入社することが決まった。貧しい家庭で育ち、自分の学費も妹の学費もバイトをして稼いでいた彼にはもちろんコネなどなかったのに。

「やっぱりね。おめでとう！　会社に貢献できるよう、頑張ってな！」

彼はいま、ＣＣＴＶから東京に派遣され、記者の仕事をしている。東日本大震災のときには毎日テレビで彼の姿を見ることができたが、どうやらしっかり頑張っているようだ。そうそう、言い忘れてしまったが、学生シンポジウムをきっかけに男子学生たちはみな、女子学生たちに頼られる存在になったという。

いま振り返ってみると、北京大学での二年間は思い出づくりに力を注いでばかりいた。「青春しようぜ」とは、恥ずかしくてなかなか言えないが、心の中ではいつも思っていた。しかし、口癖にしていたセリフはある。

「つべこべ言わずに、いうことを聞け」

このほうが、学生たちに向かって「一緒に協力してやりましょう！」と言うよりも、うまくいくことは確かだ。実践済みだから間違いない。

先日、企業の方と話していたときに、「いやあ、笈川さんのやり方は中国では合っているのかもしれませんね」と言われた。これから、中国で活躍しようと思う若者たちにひとつのアドバイスを送りたい。
「強引に引っ張っていく力がなければ、本気で中国人と付き合うのは難しい」

やり続ける力

『みんなの日本語』『新日本語の基礎』『標準日本語』という、中国でもっとも売れている三冊の中に出てくるセンテンスは、どれも中国人学生たちにとっては馴染み深いものだ。もともと独学用につくられた教材と聞いたが、中国国内の多くの日本語学校でも使用しているそうだ。日本語学部の学生も、どうもそれらのテキストが気になるらしく、パラパラめくっては大事なセンテンスを覚えている。

僕は、この三冊に出てくるセンテンスをすべて「気の利いた日本語」に直し、学生たちに教えている。もちろん、この三冊の中のセンテンスに問題があるとか、文法的に間違っているとか言いたいわけではない。たとえば、こんな具合だ。

「それは何ですか？」

「これは筆箱です」

一見、何でもないような会話文を僕はこんなふうに直している。

「あっ、可愛いですね。それ、何ですか？」「あっ、ありがとうございます。これ、筆箱なんですよ！」

前置きがポイントの「気の利いた日本語」に直した瞬間、それを聞いた日本人が、「おっ、この学生はひとあじもふたあじも違う。もしかしたら面白い学生かも」と興味を抱いてくれるかもしれないと思い、ずいぶん前からやっている。

実際、使うセンテンスが他の学生と違えば行動まで変わってくる。会社でインターンをする学生はどこの学校にもいるから珍しくない。もちろんそれだけで十分すごいし大したものだと思うが、僕の教え子の中には、在学中、インターン先の会社を友達にも紹介し、ネットワークを広げている者がいる。卒業してから自分で事業を始め、中国語&英語学校をつくってしまった子もいる。

また成績が優秀なだけでなく、スピーチコンテストなどイベントにも積極的に参加し、さらに会社でアルバイトをして学費を自分で稼ぎ、春節*にはふるさとの両親におみやげを持って帰り、両親のために少しのおこずかいを用意している者がいる。そういえば、彼は親戚の子どもたちにはお年玉もやっていた。僕は、北京大学や清華大学にいる間、このような学生に出会えたことを誇りに思うし、彼らは僕の最高の財産だと思っている。

そして彼らに出会えたおかげで、「僕はただの日本語教師にはなりたくない。優秀な人材を『育てたい』んだ」と気づくことができた。

「北京大学の学生なら、誰が教えてもスピーチコンテストで優勝できる。別に笈川さんがいたからって変わりはないよ」

僕は北京大学へ異動する直前にそう聞かされた。聞いた瞬間は、その人を殴ってやりたいと思うほど悔しかったが、わずか一週間前にコンテスト開催の通知を受け、急いで準備をしてみたところ、どの学生が出ても次々と優勝していった。夢のアベック優勝も全国大会の優勝も、北京大学に来てほんの二ヵ月で叶ってしまった。

その頃から、僕は自分の考えを改めるようになった。自分が本当にやりたいのは、スピーチコンテストの優勝者を次々に輩出することではないとわかったのだ。

実は北京大学の中にも、成績が悪く、自信を喪失してしまった学生が毎年何人もいる。僕は、毎日そういう学生たちと時をともにするようになった。

そんな教え子の一人、北京大学の伝説の学生である徐さんについて紹介しよう。徐さんは、清華大学とのスピーチ親善試合に出場して成績が最下位だった学生だ。とても大人しく、声の小さなごく普通の女子学生だった。

授業が終わると、他の学生たちは教壇にいる僕のところに来て質問をしたり、馬鹿な冗談を言って笑っていたが、徐さんは毎回それらが終わるまで二、三十分は教室の外で待っていた。僕が毎回教室を出ると、「もう食事は済みましたか？」と言ってくる。「いやいやいや、見りゃ、わかるだろ？」とは、心やさしい僕が言うわけもなく、「いえ、まだですよ。一緒にいきますか？」と答えた。

僕が北京大学に来てから彼女はもう一度スピーチ大会に出てみたいと言ってきた。それで彼女に目の前でスピーチをしてもらった。手は震えているしひざはガタガタいっているし声は出ないしで、もう黙って聞いていられなかった。ちょっとイライラしていた僕は、「じゃ、次は椅子の上に立ってもう一度スピーチをして。あっ、スピーチを始める前にひとこと、『おい、

＊旧正月。

そこの笈川、私のスピーチを聞け！』と言ってから始めなさい」と言った。彼女は、僕の指示するとおりやった。

それが終わると最後にもう一度、今度は椅子から下りて、最初にやったようにスピーチをした。すると彼女はやっと感覚をつかんだようで、表情に余裕も出てきた。

そう、一瞬といったら大げさだが、劇的にその人を変える方法というのは、この世の中にあふれている。駒澤先生が以前、教え子一人ひとりの性格を明るく変えていったのを目の当たりにして、僕もやってみたいと思っていた。そして、北京大学で孤独に耐えながら、オセロゲームを楽しむように一枚一枚裏返していった。

徐さんは、飲み込みの悪い学生だった。だからコンテストで最下位になってしまうのだ。このように書くと、僕がひどい教師で徐さんがかわいそうな学生だと誤解されてしまう恐れがあるから先に言っておくが、彼女はその後八回のコンテストで優勝し、全国制覇も三回やってのけている。彼女よりも多くのコンテストで優勝する学生は、きっとこれからも現れないだろう。

彼女は、スーパー一年生コンビが参加したアフレコ大会に、日本で就職したと以前紹介した郭さんとともに出場した。後輩たちがみごと優勝をかっさらっていった日、徐さんたちは努力賞だった。お笑い好きの僕の影響を受けた彼女たちは、お笑い番組のワンシーンをアフレコしていたが、本番でセリフを言い淀んでしまい、台本にはない「あっ、すみません」という謝罪のセリフを、俳優の口の動きとは関係なく発してしまった。彼女はもともとそういう肝っ玉の小さな可愛い学生だ。

しかし、彼女には誰もまねできない長所がある。それは、「やり続ける」という一点だ。スピーチ大会で最下位、アフレコ大会で努力賞。普通なら、もうやらないだろう。しかししかし、彼女は恥も外聞も気にすることなく、その後はスーパー一年生と日本語の練習を始めた。学年や年齢など関係ない。彼女は知っていた。自分より能力のある人と一緒にいるだけで、自分の能力が自然と高まる法則を。それからの半年で、彼女はモンスターになる足がかりを築くことになる。


僕のところに自然と集まってくるのはいつも、自信なさげな、でもコツコツ頑張る学生たちだった。きっと、僕自身が飲み込みが遅く、何をやるにも周りから笑われてしまうようなドジな人間だからだろう。飲み込みの速い天才型は、僕のところに来ては何かのコンテストで優勝をかっさらって、すぐに去っていってしまう。それを見てたまには腹が立つが、僕とは価値観が違うのだから怒っても仕方がない。それで、最終的にはコツコツ型の不器用人間ばかりが吹き溜まりのように、僕のところに集まってくるというわけだ。

不器用人間ばかりが集まってくるというのは楽しいもの。僕自身も不器用だけど、僕の代わりに誰かが先に失敗してくれるから、僕が恥をかくことも少ない。そして、彼らが失敗するのを見るのも楽しい。まるで、若い頃の自分を見ているかのようで、思わず親しみを覚えてしまう。

僕は、どんなにうまくいったとしても価値観の合わない人間と一緒に仕事をしたくない。やるなら価値観の合う人と一緒にやりたい。え？　失敗してもって？　もちろん、失敗するって最初からわかっていたとしても、僕は気の合う仲間と一緒にやりたい。

日本語特訓班

郭さんを救うために始めた日本語特訓班。徐さんのほか、清華大学の龔さんが加わった。そこからはメンバーが爆発的に増えてゆく。その後、後輩たちから「神様」とまで呼ばれるようになる北京外国語大学の張君が来るようになった。張君が加わったことで日本語特訓班のレベルが何ランクも上がった。彼にひとめ会いたいと、メンバーに加わる学生が増え、十二、三名が集まった。その中には全国スピーチ大会で優勝したメンバーが七名もいたのだから、どんな権威のあるコンテストよりもレベルの高い勉強会が毎日開催されていたことになる。

さて、日本語特訓班ではいったいどんなことをしていたのか。

僕は適当に学生たちに質問を出し、彼らは九十秒ちょうどで答えてゆく。他のメンバーはその答えについて四十秒ちょうどで感想や意見をまとめて述べていかなければならない。僕の仕事といえば、ストップウォッチを手に時間を計り、同時に発表内容をすべて速記することだった。毎日約二時間半の特訓中、学生たちは脳みそを終始フル回転させていた。終わると疲労困憊に見舞われるが、一種の中毒症状というか、一度やったらやめられないそうだ。

最初、質問は簡単なものだった。「あなたの長所と短所を答えてください」といった会社の面接で聞かれそうな質問もしていたが、そういう質問もだんだん飽きてきたので、変な質問がエスカレートしていった。上手に答えるには頭の柔らかさが必要になってくる。もちろん知識もだ。僕は一度、張君にこんな質問をしたことがある。「コロンビアとルーマニア、両国の共通点についてお話ください」と。張君は即答し、九十秒ちょうどでこのように答えた。

「ご質問ありがとうございます。みなさん、まずはコロンビアの国の由来をご存知でしょうか。そう、もちろん新大陸を発見したコロンブスから来ています。さて、コロンブスはいったい何を求めて新大陸を発見したのでしょうか。そう、インドの香辛料、カレーを求めていました。一方、ルーマニアはどうでしょう。もうお気づきの方もいるかもしれませんが、ルーマニアという国は、カレールーのマニアたちがつくった国なのです。カレールーのマニア、ルー・マニア。したがって、この両国の共通点はカレーだったのです。以上です。ありがとうございました！」

毎回、特訓班メンバーが僕の部屋に集まるときには、早稲田大学や慶応大学からの日本人留学生も来ていたが、張君ほどうまく答えられる日本人はかつて一人もいなかった。この話をすると、たいていの方は張君に興味を抱くだろう。

僕が初めて彼と会ったのは、北京外大で教鞭を取っていた駒澤先生の授業を見学に行ったときだ。「僕は努力するのがきらいです」と初対面の僕に言い放ったので、「ずいぶん生意気な学生だなあ」と思ったのが第一印象だ。

二回目に会ったとき、彼は国際交流基金で開催された朗読大会の司会をしていた。そのときの彼はすべての発表者の内容を覚え、ひとつひとつ心のこもったコメントをしていた。僕は驚いて駒澤先生にそのことを話すと、「人間には二面性があるものなのよ」と大事なことを教えてもらった。

三回目、中華杯スピーチ大会で彼が即興スピーチをしているのを見ていたとき、僕はいっぺんに彼のファンになった。なぜなら、彼の話は完璧で芸術だったからだ。さすがは駒澤先生の教え子。蛙の子は蛙、芸術家の教え子はやはり芸術家だ。コンテスト会場で伝説の徐さんが彼を誘い、大会翌日に彼は僕の部屋にやってきた。それからの一年間、彼はたった一度も手を抜くことなく、他のメンバーたちを魅了する発表をし続けた。張君は本当に魅力があるし、努力も半端じゃない。そんな彼は大学院に進み、修士論文を書いていた頃、天邪鬼が顔を出して僕にこう言ったことがある。

「僕は東京大学が嫌いです。中国なら、北京大学も清華大学も嫌いです。だから、北京外国語大学を選びました！」

僕は昔から、そういう考えが気に食わない。だからこう言った。

「それなら、まず東大に合格して、それから行くのをやめればいい。もし合格できたら、きっと東大に行く人たちの苦労もわかって、簡単に嫌いだ！　なんて言えなくなるはずだ」

以下は、それから数ヵ月後に東大に合格した張君と僕とのやりとりだ。

「先生！　僕、東大の大学院に合格しました！」

「えっ、行くのか？」

「はい、もちろんです」

「あっ、あっ、そう、あっ、あっ、そう、あっ、おめでとう……」

「ありがとうございます！」

東大へ行く人間と同じ努力、いや、それ以上の努力をして、周りの人たちに認めてもらえたとき、きっと誰だって東大を好きになる。人間って、そういうものだろう。

偉そうなことを言えるのは、誰よりも苦労している人間だけ。そんな僕自身もたまに偉そうなことを言ってしまうので、そのたびに自己嫌悪に陥ってしまう。しかしそう考えると、もしかしたら、僕は偉そうに言ってしまった後、反省する人間のことを意外に好きだったりするのかもしれない。

「王道」を知る

日本語教師になってまもなく、大森和夫先生の名前を知った。初めて一時帰国した際、紀伊國屋書店の店頭に大森先生の本が山積みされているのを見かけたからだ。

毎年中国で作文コンクールを実施されていて、すでに数え切れないほどの中国人学生を育てていた。いや、学生にとどまらず、現在中国日本語界で活躍されているトップの方たちはみな、大森先生ご夫妻を「おやじ、おふくろ」と呼んでいる。

僕はちょっとしたミーハー心で、この人に会いたいとずっと思っていた。二〇〇六年、大森先生に出会う前の僕は、中国全土を飛び回って講演などしてはいなかったし、個人で全国スピーチ大会を主催するなんて発想すらなかった。「KODAMA」という学生サークルをつくって北京中の日本語学生を集めるようになったのも、大森先生に少しでも近づきたくて始めたこと。百年頑張っても大森先生に追いつくことはできないが、僕が勝手に先生を慕っているのだ。

そんな僕は、あるとき思い切って大森先生にメールを出してみた。まず自己紹介をして、大森先生へのあこがれの気持ちを書いた。すると返事はこうだった。「金を出してというなら、話にならん!!」と。僕はすぐに誤解を解いてもらうために説明したが、なぜ誤解されたのかいまでもわからない……。

二度目のメールの後、すぐお返事をいただいた。そこには、前回のメールへの謝罪文が書かれてあった。どうやら大森先生のところには、変な人たちがちょくちょく近づいてきては資金援助を求めていたようだ。とにかく、そのメールのおかげで先生との距離を一気に縮めることができた。そして僕はすぐ行動に移した。

その日の午後の特訓班が終わると、僕はメンバーたちにこれからの計画について話した。その日、徐さんを中心に「KODAMA」という日本語愛好者が集まる学生サークルが誕生した。大森先生からのお返事をもらって数時間後のことだった。

そのことを大森先生に報告すると、先生がわざわざKODAMAに会うため、北京においでくださった。ちょうどメンバーたちはKODAMA新聞の制作を決めていたため、その日の懇親会では、元朝日新聞社記者だった大森先生に新聞の書き方をいろいろ教えてもらった。

当時、僕は金髪だった。大森先生はそんなことも気にせず（心のなかではどう思っていたのかは知らないが）、僕を中国全土で活躍されている有力者の方々に紹介してくださった。「この世に、笈川先生ほど素晴らしい先生は一人もいない」といった大げさな紹介のされ方で、最初、どの先生も私を外見から「変な人」だと判断されていたようだが、大森先生からの紹介だから適当な対応をすることができなかったのだろう。僕は厚遇を受けて思った。

金髪はまずいだろう？

その日、僕は髪を黒く染め直した。それからあっという間に六年が経ち、全国各地でその頃に出会った有力者の先生方にお会いする機会を得るたびにこう言われる。

えっ、笈川先生？　うそっ？　ずいぶんやさしい顔をしていますね……と。

僕はいま、忙しく仕事をさせていただいている。しかし、何をおいても、大森先生から頼まれた仕事を最優先にする。中国で最も有名な『日本（上）（下）』という日本語教材があるが、その本の編纂者でもある大森先生から、なんでも僕の声が「心に響く」と録音の依頼をいただいた。大森先生からの仕事だから、喜んで次の日、上下巻二冊分の本文を急いで録音しにいった。そして、去年は久しぶりに大森先生の作文コンクールが復活した。僕はすぐに応援にかけつけた。結果、一二八大学、三四〇〇編を超える応募があり、大森先生は非常に喜んでくれた。

きっといまの若者たちは、こんな僕の姿を見て、少し変だと思うかもしれない。しかし、僕は先人の思いを大切にするこの行為を、若い彼らにいつまでもいつまでも見せ続けていきたい。なぜなら、その道で生きていく「王道」を、若い彼らに知ってもらいたいからだ。

その道には、必ず先人がいて、その世界に大きな貢献を果たしてきた人たちがいる。志ある若い人たちの中には、反発心からか、先人がやったこととは違うところから始めようとする者がいる。しかし、若い人たちが想像している世界と実世界は違うから、イメージどおりに物事を運ぶことができない。ヒントのない状態で、挫折し、最後には志を捨てるしかなくなってしまう。

それに対し、先人の教えに従うとどうか。方法を学ぶことができ、人を紹介してもらえる。そこにお金が加われば鬼に金棒だが、贅沢は言えない。手軽にすべてを手に入れてしまっては、そこに価値を見出すこともできない。先ほど、若い人たちが想像している世界と実世界は違うと書いたが、先人は真実を教えてくれる。そのうえで、実世界に合ったやり方を、困ったときにはヒントを教えてくれるのだ。ここまで書いたら、どちらがよいのか考えるまでもないだろう。そう、先人に反発するのは意味のないこと。だから、中身のないペラペラ野郎が「プライド」を口にしているのを見ると、昔の自分を見ているようで悲しくなる。

その道から逃げ出した人は不平不満しか言わないが、その道を究めた人は、その道の素晴らしさを語る。そうなると話は簡単だ。君がやるべきことは二つだけ。君がその道を究めたいなら、その道を究めた人の話を聞く。もし究めたいと思わないなら、さっさとその道を誰かのために空ける。この二つしかない。

KODAMA誕生と「日中友好」

二〇〇六年夏、特訓班のメンバーによってKODAMAは誕生した。KODAMAとは、つまり「木霊する」のこだまのこと。木霊するサークル、という意味だ。

ある日、特訓班の途中で張君が、「みんなでもっといろんなことをしてみよう!」と言い出すとみんなも大喜びして部屋は大盛り上がり。それで「グループ名をつけたらどうか」となった。徐さんが「おーいと誰かに声をかけると、こだまのように、おーいと声が返ってくる。私たちはそんなグループだね。だからKODAMAはどう?」と言い出し、一分と経たないうちにサークル名が決定した。

それからは早かった。徐さんが「KODAMA新聞をつくりたい! 先生は誰か知らない?」と聞いてくるので、新聞の書き方を大森先生にお願いするとして、新聞をどこかに……と考え、思いついたのが当時お世話になっていた凸版印刷の冨田重男社長だ。それで、その場で電話をしたところ、冨田社長はふたつ返事で、「来なさい、来なさい。明日来なさい」とおっしゃった。印刷工場まで十五分。僕はお言葉に甘えて学生たちを連れて行った。

北京市十大学から二十名、みんなで一緒に北京郊外にある凸版印刷へ工場見学に行った。実は参加人数は何人でもかまわない。よく規模だとか人数だとか場所だとか箔をつけるとか、そういうことばかり気にする人がいる。しかし、そんな表層的なものより、「やること」自体がよっぽど大事だ。そして失敗したらすぐ「ごめんなさい」と謝ればよい。

工場見学は大成功。参加者はみんな大喜びだった。

新学期が始まり、工場見学の話を聞くと、「なぜ私に電話してくれなかったの？」と文句を言い出す学生が続出した。そこで新学期早々、馮峰主任に清華大学の専用教室をお借りし、「第一回KODAMA会議」を開催することになった。会議には十大学、五十一名が集まった。会議では、その学期にどんなイベントをするのかを決めた。会議の後は、参加者全員に食事をご馳走したので、集まりがあるたびに一ヵ月分の給料が飛んでいった。夏休みに母から十万円をカンパしてもらったがあっというまに使い果たし、僕はキヤノンでアルバイトをさせていただき、経費をつないだ。

十月。北京日本学研究センターで、第一回KODAMA杯・団体戦質疑応答大会を開催した。場所代は二二〇〇元（約三万円）。冨田社長からポケットマネーをいただかなかったら、開催にこぎつけることができなかった。なんとか開催にこぎつけたがお金がない。それで、優勝チームには、ノートとボールペンが贈られた。

参加校十大学、出場者五十名が本気で闘った。終わると全員やりきった顔をしており、この大会は権威こそなかったが、価値と意義のあふれたものだったと言える。そうそう、なぜ出場者が五十名で、なぜ団体戦だったのか。それは、普通のコンテストなら最高でも二十名前後しか参加できないが、団体戦ならより多くの学生たちにチャンスを与えることができるからだ。大会前、十大学の学生たちに、僕はあらかじめ五十の質問を渡しておいた。当日は、五十問の中からくじを引き、どの学生も一人四十秒ぴったりで答えなければならない。一チームに与えられる時間は三分二十秒。質問の答えを事前に用意するにも頭を使うし、練習によって会話力もアップする、もちろんチームワークの精神も育つ。とにかく団体戦大会の実施は、いいこと尽くしなのだ。そして、この大会に出場した学生たちは例外なく、卒業後の進路をすぐに決めることができた。

さて十一月、大森先生が親身になって協力してくださったおかげで、初めて学生によるKODAMA新聞がつくられた。十二月には、団体戦アフレコ大会を北京大学で開催した。毎月のように百人以上の学生を集めてワイワイやっていたら、ある日、日本大使館の井出敬二公使からお声がかかった。その日、日本大使館を使って、「第二回KODAMA会議」をさせてもらえることが決まった。

教え子たちがコンテストで活躍したり、自分たちでコンテストを主催したりしているうちに、日本企業のトップの方々と直々に話ができるようになった。考えてみると、いち日本語教師が、そういう機会に恵まれるのはあまりないことかもしれない。

ここ最近は、日本大使館のイベントに呼ばれたり、有名人が北京に来るときに招待されるようになった。確かに、「そういうのは嫌い」という人もいるかもしれないが、僕はいろいろな分野で活躍されている人たちに会いたいし、いろいろな話を聞きたいと思っている。

「なぜ招待されるんだろう?」と理由を考えてみると、僕が外国人に日本語を教えているからではなく、「日中友好」に燃えているからに他ならない。教え子たちがコンテストで優勝したから特別に優遇してもらえたわけではなく、本気で「日中友好」を声に出して日々奮闘しているからだ。日本語を持ち歩き、熱血教師として中国の若者たちに熱く熱く語りかけているからだ。

いま、日本語を持ち歩くと書いたが、つまり手ぶらで生きていると言いたかった。お金はない。見えるものは何も持たない。しかし、魂とか夢とか希望とか、若い人たちが聞いて笑ってしまうような目には見えないものを、僕は持ち歩いて生きている。実はそれだけで、志あるものだけが集まり、大きなエネルギーを発する。

若い頃は、見えるものにしか価値を見出すことができなかった。お金とか肩書きとか、そういったものだけが自分の力を証明するものだと思って生きていた。そして、それで幸せになれると信じていた。いや、若い人たちだけとは限らない。きっと、多くの人がそう信じているだろう。何となくだが、お金があれば幸せだとか、地位があれば幸せだとか。「そうじゃない」

という人の話を聞いても、実は最後にはお金！　と考えているだろう。

しかし、事業で成功しても、うんと稼いだとしても、それで幸せってことではない。もともと成功と幸せは別物で違うグループなのだ。サッカーで金メダルを取ったからって、無条件に野球で金メダルを取れるわけじゃないのと同じだ。このことを忘れないでほしい。

心の余裕は油断のもと

二〇〇七年二月。北京大学に来て一年半。徐さんを筆頭に、北京大学の学生たちが次々と全国、北京市のコンテストで大暴れしてくれたので、学生たちは「北京大学は最強！」と言い合いながら、僕がいつまでもここに残るものと信じていた。

しかし、九月以降の契約について新しい主任に尋ねてみたところ、新任の日本人教師がいらっしゃるということで、契約を延長することができなかった。事実関係を確認した後、すぐ清華大学の馮峰主任に連絡をした。なぜなら、馮先生はときどき電話で、「はやく清華に戻ってきてほしい」と言ってくれていたからだ。

「はい、そうですか。いますぐ来てください！」

馮先生の言葉を受け、僕は自転車に乗って清華大学へ向かった。事実確認をしてから二十分後には、新しい契約書にサインをしたことになる。僕は躊躇する頭もハートも持ち合わせていない。不思議なもので、僕が清華大学と再契約した話は、新学期が始まる前に北京大学の学生たちの耳に届いていた。

「清華大学だけには行かないで！　なぜ、私たちを裏切るんですか」

デジャブか。まったく二年前の再現だ。僕が北京大学に残れなかった理由を学生たちに話せば後任の先生に迷惑がかかる。だから僕は何も言わなかった。これは少しも偉いことじゃなく、ごく普通の大人として、ごくごく当たり前のことだ。

それまでの一年半、僕は北京大学のために汗を流したつもりだし、教え子たちが「北京大学は最強」と堂々と自信を持って言えるようになっただけでもここに来てよかったと思う。全国スピーチ大会優勝とか、いろいろなタイトルを手にしたことが最強の証なのではなく、「自分たちは最強だ」と思えるハートを手にしたことが最強の証だ。僕は後悔していない。

「北京大学の学生ばかりが上手なのはズルイです！　私たちにも秘訣を教えてください！」

ＫＯＤＡＭＡが誕生してから他校の学生たちと会う機会が増え、彼らがそんな言葉を発したときは、ぼんやりとではあるが、僕の可能性が広がってゆく気がしていた。

北京大学での新学期早々、僕は日本語学科のある北京市二十大学のすべての主任に電話をしたことがあった。そしてこう言った。

「九十分の授業を一回僕にください。日本語が上達する秘訣を話したいと思います。今学期、いつでもＯＫですからお願いします。ご連絡をお待ちしています。もちろん無償です！」と。

ところが、ほとんどの先生から、「いやあ、今学期は忙しいですから、ちょっと無理ですね」と言われた。意外も意外、冷たく厳しい反応だった。僕はてっきり、どの学校も簡単に受け入れてくれるものと思っていた。無償で教えに行くわけだし、僕は北京大学の教師だし、他校の学生たちからはいつも「来てください」と言われているし、裏方で六年間、たくさんの教え子たちが舞台で活躍していたから、きっと僕はある程度有名で、みんなに求められる存在なんだと勝手に思い込んでいた。

結局、この期間に受け入れてくれたのは、それまで何度か一緒に教科書編集をした他校の先生たち（六大学）のみで、他の学校には鼻にもかけてもらえなかった。これでわかったことは、個人的な付き合いがなければ、輪に入り込むことは非常に難しいということ。このことは中国人社会で生き抜く唯一の方法かもしれない。

まったく、僕はいつも困難に出くわすまで目が醒めない。この学期中、受け入れてもらえた六つの大学の講座では、ひとつひとつ大事に話を進めた。心をこめて話す、その空間、その時間をかけがえのない貴重なものと感謝しながら話す、それができたときは、たぶん学生たちもみんな満足してくれる。綱渡りの作業だった。

そして、不思議なことに次の学期には、あんなに面倒臭がっていた先生たちが揃いも揃って、「どうぞ、次はうちの大学に来てください！」と言ってくれるようになり、日本語学科が設置されている北京市二十大学すべてを回ることができた。

その頃、僕の周りには、やる気と才能の両方を持った優秀な学生ばかりが集まってきた。だから、ちょっと教えただけで飲み込みの早い彼らはどんどん上達していった。それで僕自身も自信がついたというわけだ。

自信があるというのは面白いもので、なかなかうまくいかないときも、「うん？　おかしいな。

天才の僕が教えても、この子はなかなかうまくならない。うん、これは面白い！」と考え、悩むことはほとんどなかった。常にポジティブだったから、普通なら乗り越えられない困難もあっさり乗り越えることができた。自信は、本当に大事なものだ。

ところがそのうち、飲み込みの遅い学生たちが僕を求めてくるようになった。最初は自信満々、鼻歌混じりで臨んでいたが、次第に本気を出さなければまずいと思うようになる。そして、本気でやってもそのときの実力では無理だとようやく気づく。もう謙虚にならざるを得ず、そこから新たな努力を始めることになる。

「笈川先生は本当に謙虚で、何事をするにも真剣。油断することはないんですか」と言われることがある。実は、油断する心の余裕さえないありさまなのだ。

僕だって、鼻息混じりでらくらくと仕事をこなしたい。そんなところを他人が見てくれたらどんなに気分がよいだろう。しかし初めてのスキーみたいなもので、転ぶまで声を発する余裕すらない。ただ、いまならよくわかるのだが、この油断をする心の余裕のない状態こそ、成功するための最高の条件だ。

後輩たちに、偉そうに自分の武勇伝を話しているときには自分の成長は望めない。勝負は誰かに嫌味を言われたときだ。このときに成長の芽が出てきていて、その瞬間から努力を始めれば芽が伸びていくし、努力せず、嫌味を言った人を恨めば芽は死んでしまう。

頑張ることは恥ずかしくない

僕は授業中ほとんど話をしない。教師としての役割を果たしていないことになる。

民間大学で教えていた頃は、教え子たちを九十分間リードして大声で授業を進めていた。しかし駒澤先生に出会ってからは方針を変えた。最後にたどり着いたのは、僕が何もしない授業だった。

授業中、もし教師が何もしなければ学生たちは当然文句を言い出すだろう。しかし、僕に文句を言う学生はいなかった。みな上達し、自分の会話力に自信を持っていたし、どこへ行っても恥ずかしくない日本語を使うことができたからだと思う。

なぜ、彼らがそのレベルに達したのか、それを知りたい人がいるかもしれない。

僕はこう思っている。「学生というのは、ものをすぐに忘れてしまう生き物だ」と。たまに教師が「先週、この文型について説明したでしょう？　何で覚えていないの？」と文句を言うが、そんなことは日常茶飯事。教師は同じ授業をいくつかの教室で行っているから、先週やった文型を鮮明に覚えている。しかし、学生は勉強だけでなく恋愛だってアニメだってゲームだって旅行だってチャットだって楽しみたい。やることが他にもあるから先週習った文型なんて覚えていない。

だから、僕は授業だけでは足りない！　と開き直った。幸いそのことに気づくのが早かった。清華大学では毎日学生たちとジョギングしながら会話をして、新しい文型を教えたり授業の予習を手伝っていたが、超一流大学の優秀な学生でさえ、昨日おとといとやった文型を今日には忘れてしまっている。

日本にいる日本語学校の学生たちは、中国国内ではろくに学校に通わなかったとさえ聞く。先週教えた文型を上手に使ってもらえるだろうなどと教師は学生に期待したら絶対ダメなのだ。

長々と話してしまったが、僕は授業以外の時間を大切にした。授業以外の時間を学生たちと過ごすことによって、いろいろなよいこと、それを僕は「幸せ」と呼んでいるが、そう、僕は幸せな気分をずっと味わうことができた。

北京大学には専用教室がなかった。だから朝は一年生たちを広場に集めて発音練習をした。夜は、特訓班のように少人数でやる場合は部屋に来てもらったが、人数が多いときは、勺園（留学生用の寮）のホールにあるソファーを陣取って練習した。夜十二時に消灯、ときどきガードマンが僕たちのためだけに電気をつけてくれたけど、ほとんどの場合は外に出て、外灯の下で練習をした。

教え子たちは誰もやらない努力をしているからプライドを持って日本語を話せるようになる。こんなことを書くと年配の方々に、古きよき昭和の時代を思い出させてしまうかもしれないが、僕も彼らと一緒に夢中で突っ走っていた。

以前、北京大学には飛びぬけたというか、突き抜けた学生がいると書いたことがある。日本人留学生も例外ではなく、いま、日中両国の架け橋として活躍している加藤君（有名人になってしまったので加藤嘉一氏と書くべきだが、彼が二十歳のときから加藤君と呼んでいるので、ここでは加藤君としておきたい）も北京大学にいた。

僕が無我夢中で頑張ることができたのは、北京大学にいると「頑張ることが恥ずかしくない」

からだ。他人の目を気にして自分のペースを落とす必要がない。加藤君だって、二十歳のときからマスコミや基金を巻き込んで日中友好のイベントをガンガン実施していた。

「先生は睡眠時間が少ないですよね……。過労死に気をつけてください」と言われたことがある。

いつも目を真っ赤にしていたのは、確かに睡眠不足だったからだろう。しかし、勢いに乗っているときはちょっとくらい睡眠が足りなくても大丈夫。なぜならストレスから来る睡眠不足と違って、寝るときには一気に眠れるからだ。睡眠のクオリティが高いから次の日ももちろん元気だ。

マラソンをしている途中、もし突然、短距離走を走るようなスピードで走り出したら、コーチからは怒られるし、世論にも批判されるだろう。だからそれを恐れて誰もやろうとしない。僕は北京大学にいた二年間、ここの校風のおかげで、思いきりスピードをあげて走り切ることができた。自分の限界を振り切る瞬間は、本当に気持ちがいいものだ。

再リセット

僕が日本語教師になったのが二〇〇一年七月。初めての授業が夏期講習だったが、そこで最高のスタートを切ることができた。しかし、新学期が始まる前に当時の首相の靖国神社参拝が中国国内で問題視され、僕はいち教師として微妙な立場に立たされた。さらに新学期早々アメリカで同時多発テロが起こり、学生たちは浮つき始め、学校で真面目に勉強する雰囲気が遠のいてしまった。

その半年後、清華大学に来てからも日本文化祭のようなイベントをすると、毎回ポスターが破られ、ひどい落書きが残された。教え子たちは本気で自分が日本語学科を選んだことを後悔していたし、授業中、「もし、戦争になったらどうしよう」と学生の一人が恐る恐る言い出して、教室の空気がぴたっと止まってしまったことがある。

そんなことがあったので、日中国交正常化三十五周年を記念するさまざまなイベントがどれも和やかなムードに包まれていたのを、中国生活七年目を迎えた僕は目を細めながら見ていた。最初の記念式典は日本大使公邸で行われた。何でも中国で活躍している日本人を五、六人選び、前に立って挨拶するということだった。その中に僕が選ばれた。それを母に報告すると喜んでくれて、「お金を出すからスーツを買え！」と言われた。貧乏性の僕は着慣れたスーツで出かけたが、母はいつも僕が日本のために頑張ることを応援してくれている。

俳優の矢野浩二さんや加藤君も挨拶をしていた。この六年でみなブレイクした中、僕だけがおいてけぼりを食ってしまった。

九月、福田康夫総理が就任すると、中国では完全に歓迎ムードに変わった。総理が就任まもなく北京大学で講演をされたとき、ＣＣＴＶで生中継されたが、伝説の学生・徐さんが総理に質問をするシーンも放送され、彼女は一躍有名人になった。それがきっかけで、彼女は総理に会いに日本へ行くチャンスをつかんだ。

総理つながりで言えば、翌年麻生太郎総理が東京で行われた日中青少年歌合戦に参加され、北京大会で活躍した学生たちがお世話になった。総理が北京を訪問された際も教え子たちが首相の前でアニメのアフレコを披露するなど、学生たちの活躍の場が増えていった。さらに、鳩山田紀夫総理も北京を訪問されたことがある。そのとき、岡田克也大臣らとともに北京で頑張っている人たちを激励しようと大使公邸にいらっしゃった。

生まれて初めて首相に会えるというので会場は張り詰めた空気に包まれていた。めったにないお祝いごとだというのにお葬式状態だ。総理が幸夫人と会場に入ってきた瞬間、僕は「ようこそ、北京へ！」と声を張り上げた。その声を聞いたお二人がこっちを振り返ってニコッとしてくださった。

その後すぐに総理の挨拶が始まり、冒頭、「総理就任三週間、私には湯気が立ってませんか？」とおっしゃった。僕は大声で「湯気が立ってます」と叫ぶと、会場が笑い声に包まれ、ようやく暖かい空気がぽわーんと流れた。のちに「日本語講演マラソン」を命名してくださることになる山田重夫公使から、「いやあ、会場を沸かせてくれてありがとう」と感謝の言葉を直後にいただいた。これ以上書くと嫌われてしまうので、ここまでにしよう。

二〇〇七年九月、清華大学への復職にあたっては、なんとあのＮＰＯ法人が派遣する教師として戻ることになった。

二年前、このＮＰＯ法人が清華大学と北京第二外国語大学に教師を派遣することが決まり、僕と駒澤先生は泣く泣く清華を出て行くことになった。しかし、清華も北京第二外大も方針が変わった。

方針とは面白いもので、日本ではそうそう変わるものではないが、中国は変化が計画を追い越していく国と言われる。だから方針は一年で変わってもおかしくはない。「それは困った」とそのNPO法人に言われ、馮峰主任からの要請もあって、僕はNPO法人の派遣教師になることを受け入れた。

そして僕は、清華大学に戻ってきた。

第4章

コツコツと、

誠実に

やりたいこともやれ！

久しぶりに清華大学に戻ると状況は一変していた。二年前に「裏切られた」と思った上級生は完全に歓迎ムードではなかったのだ。僕はすぐに二年前の状況に戻るだろうと楽観視していたが、そう簡単なことではなかった。

ただ、新二年生たちは、二年前のことを知らないのと、僕が北京大学にいるときから練習をしにわざわざ北京大学の留学生用の寮「勺園」まで来てくれていたので顔なじみが多く、ひとつの慰めにはなった。

スピーチ大会が近づくと、出場する学生だけは、放課後、僕が住んでいた留学生ビルの二階・大ホールに来ては練習をしていた。その中に郭さんという四年生がいた。彼女も当然、僕が清華の学生たちを裏切って北京大学へ行ったと信じ込んでいた学生の一人だ。

郭さんが一年生の頃、僕は彼女の日本語を褒めたことがなかったそうだ。そんなわけはないと思うのだが、北京市でもっとも大きなスピーチ大会である大中物産杯で彼女が二位に入ったとき、舞台の上から「私は一年生のときから笈川先生に、『あなたのスピーチは下手だ』と言われ続けてきましたが、今日は結果を出しました」と大声で叫んでいたし、卒業前のお別れ会でも同じようなことを涙ながらに言っていた。

僕が清華に戻った最初の学期に、杭州と北京、合わせて二回の全国スピーチ大会が開催され、彼女は二回とも優勝した。大会前には毎日僕のところに通っていたにもかかわらず、相変わらず一年生のときのことを忘れてくれはしなかった。このことをきっかけに、僕はどんな学生に対しても最初からやさしく接していこう！　と心に固く決めることになる。

郭さんが全国大会から戻ってきても、教室には祝賀ムードがなかった。ある先生から聞いた話で僕は現場を見ていないのだが、その先生が「郭さんが全国スピーチ大会で優勝しました。おめでとう！」と言っても、クラスメイト誰一人として拍手せず、「おめでとう！」のひとことさえなかったという。僕はそれまでの七年間、技術だけを磨いて生徒の心を鍛えていなかったと批判されても返す言葉が見つからない。「周りの人を楽しませることのできない人間がいくらスピーチ大会で優勝しても意味がない。それに、優勝した人を心から祝福できない人間はもっと悪い」と声を大にしていま言うのは、僕が散々嫌な思いをしたからだ。

「どうせ笈川が教えたから優勝できたんだろう?」

こう言われるのも僕のせいだ。だから、そのことに対して四年生たちに文句を言うことはなかった。それからはこんな悪循環が僕を取り巻いた。

僕は清華大学の学生全員に向けて発信し続けた。「頑張れ、頑張れ!」と。すると、ある日馮主任から「笈川さん、そこまで頑張らないでください。時代は変わりました。やる気のある学生だけに厳しく教えてください。それより、もっと自分のプライベートを楽しんでください」と注意を受けた。

その結果、コンテストで結果を残したい学生と、発音をよくしたい学生だけが僕のところに来て練習をするようになった。よく来る学生たちは結果を残し、発音がよくなり、授業中も主導権を握るようになる。やる気がなく僕のところに来ない学生は授業中どの先生からも発音を注意され、日本語に自信をなくし、日本語への興味を失っていった。教室のなかで格差社会が生まれ、日に日に格差は広がっていった。

二年前とは状況が明らかに違っていた。放課後ジョギングをしていたとき、一緒に走ってくれたのは清華大学の学生のみだったが、二年後戻ってふたをあけてみると、僕を慕ってくる学生は他校の学生ばかりだった。清華の学生に「放課後、練習に来てください」と言ってもなかなか来てくれなかった。コンテスト直前に慌てて練習に来る学生以外は、すべて他校の学生だった。僕のプライベートの時間は他校の学生のために使われていった。

他校の学生たちを教えていると心地よかった。普段と同じように接しているだけで感謝してくれるからだ。いつまでも尊敬の眼差しで見られていると、たとえ疲れ果てていようとも、俄然元気が出てくる。彼らは総じて礼儀正しいし、こちらが注意しなくてもいろいろ気遣うことができる。自然と愛おしいと思うから、徹夜してでも教材づくりに励むことができる。彼らのためになるアイディアもどんどん浮かんでくる。そんな日々が続いた。

しかし、これは通常ありえないことだ。ましてや、他校の学生にスピーチの指導をするなんてもってのほかだ。しかし馮峰先生は、「それもすべて中国の日本語教育のためだ」と言って大目に見てくれた。

馮先生の恩に報いるため、清華の学生たちが表舞台に立つときは重々注意した。

年一回、清華大学が主催するコンテストには教研室の全日本語教師が見に来るが、そういうときには必ず清華の学生が優勝するよう、ことさら気をつけて準備した。他校の学生たちにまずお詫びし、清華の学生を徹底的に鍛え、大会では圧倒的な成績でメンツを保つことに尽力した。

やりたいこととやらねばならぬこと、これは両方しないといけない。当時から、急に意識し始めたことだ。

よく「やりたいことをやれ!」と偉そうに言う大人がいるが、あれは間違っている。「やらなければいけないことをしっかりとやっている」という前提を言い忘れている。あるいは敢えて言わないのか。いずれにせよ、「やりたいことをやれ!」などというセリフは聞き心地がよいだけで、そんなものを信じていたら危なくてしょうがない。やりたいことだけをする人間なんて実はいないんじゃないだろうか。どんなに偉い人だって、権力やお金のある人間だって、本当はやりたくない仕事をちゃんとやっているような気がする。だから一番正しいセリフは、「やりたいこともやれ!」じゃないだろうか。

握手授業

清華大学に来てからの半年、僕はなりふりかまわず思い切り突っ走った。学校内ではうまくいかなかったが、ＫＯＤＡＭＡの学生たちが毎日声をかけてきたので、日中国交正常化三十五周年を祝うイベントをはじめ、多くのイベントづくりに精を出していた。この頃、ＮＨＫと北京テレビで、僕の中国生活を描いたドキュメンタリータッチの番組が放送されたり、カシオがスポンサーとなったスピーチ大会「カシオ杯」が成功したりしたことによって、清華の学生のなかにも、「ついて行きたい」と言ってくれる学生がちらほら出てきた。

しかし、さらに新たなハードルが立ちはだかった。理工系学生向けに第二外国語授業を担当しなければならなくなったのだ。これは日本人にとってはドイツ語やフランス語のようなもの。普通、英語が第一外国語だ。とにかく北京大学にいた頃と違って、日本語学科の授業に集中できなかった。しかし、やると決まったからには思い切ってやろうと決めた。

昔の僕なら、一番逃げ出したいシチュエーションだ。しかし、この頃の僕はチャレンジすることが生き甲斐になっていて、次のチャレンジをするためにチャレンジしていたところがあった。目的など考えず、目の前の困難を次々にクリアするゲーム感覚に似ている。しかし問題は多かった。学生は四十名、プラス隣の教室から椅子を持ち込む聴講生十名。こんな状況でよい授業ができるわけがない。匙を投げたくなったが、僕はここで「握手」の威力を試すこととなる。確かに七十名を超えるいまの特訓班を成功させているのは、このときの経験があったからだ。

握手をしながら相手と話をすると、周りの雑音が聞こえなくなる。大学時代、僕は何度か欧米へ旅行に行った。せっせとバイトをしては欧米へ自分探しの旅に出かけた。まあ、旅をしたところで自分探しなどできないのだが。旅先から実家の母に電話すると、「いつ戻る？　体に気をつけろ」とだけ言われた。

旅先では誰とでも仲よくなった。そして、その頃お気に入りだったのは、握手をしながら相手と話をするスタイルだ。自分では、ガタイのよい白人や黒人とそうやって話すのが格好いいと思っていた。また、うれしい副作用もついてきた。握手しながら話をしていると、相手も僕の話に集中してくれるし、一体感ができて気持ちも高揚してくる。周りの雑音がまったく聞こえなくなる点はかなりの特典だ。

本当はイタリアで習った「ハグをしながら会話を楽しむやり方」が、語学上達の最高の近道だとわかってはいるが、授業に取り入れることはできない。僕がイタリア語かフランス語の教師ならともかく日本語教師なので、握手だってギリギリという感じだ。

これが当たった。理工系学生には、毎回自分の意見や感想を、思考時間十分を使って三百字で書いてもらい、その内容を七人の違った相手に向かって朗読してもらう。すると、彼らもだんだん流暢に読めるようになってきて、五、六人目からはメモを見る必要もなくなってくる。誰もが「日本語が上達した」という感覚を味わうことができるのだ。外国語を上手に話す秘訣はひとつ。それは同じ内容を繰り返し何度も話すことだ。会社の上司が部下に対して何度も同じ内容の話をする。そのとき、上司は常に流暢に話しているのにお気づきだろうか。同じ内容の話なら、誰だって流暢に話せるのだ。

僕は毎回学生たちにこんな指示を出す。「今日は異性としか握手をしてはいけません！」と。学生たちは一斉に、「えー！」と驚いたり困ったりするが、僕は彼らの心のうちを知っている。男子学生なら女子学生と握手をしながら日本語を勉強したいはずだ。上手になれば、女子学生たちが尊敬のまなざしを向けてくれる。だから予習もかかさない。それが証拠に、僕の授業を休む男子学生はまずいなかった。全員ノリノリで僕の授業に乗り込んできた。女子学生の気持ちはわからないが、清華大学に戻ってからの四年、八学期間ずっと同じやり方をしてきたが、たった一人も嫌がる人はいなかった。

僕の授業では、七人の違った相手に対して互いに自分の意見を言い終えると、自分の名前を書き合うルールがある。そこで複数の異性と自然と知り合うことができる。これはお見合いパーティなんかよりずっといい。日本語も上手に話せるようになるしお金もかからない。一石二鳥どころか、一石何鳥になるだろうか。

ある学生が僕に教えてくれた。「先生のおかげで彼女をつくることができました。僕たちは今年結婚します。こんなチャンスを与えてくれた先生にありがとうと言いたいです。本当にありがとうございました！」

その授業では、遅刻する学生がほとんどいなかった。僕が教室に入っていくと、みんな隣同士仲よくおしゃべりをしていたし、授業が終わってすぐに帰る人がほとんどいなかった。いつまでもいつまでも笑い声の絶えないおしゃべりが続いていた。

心理学か何かの本で読んだことがある。人は誰かに命令されると、自分の限界を軽く超えてしまうらしい。なんでも、電気椅子に座る死刑囚を監視するとかいう実験で、「軽く電気を与えるAボタンを押しなさい」と上から命令されると、監視している人はみな、ためらうことなくボタンを押すという。「もう少し強い電気を与えるBボタンを押しなさい」と言われると、少しためらいながらもやっぱり押してしまうという。そして、死の危険がある「Cボタンを押しなさい！」と命令され、押してしまう人も少なくないという。もちろん、それはただの実験で、電気椅子に座っている人は痛がる振りをしていただけだそうだが、人は命令されると普段できないこともできてしまう。

握手トレーニングは、まさに上からの命令によって、「やらされているから仕方がない」という心理が芽生え、普段できないことが気軽にできてしまうのだ。握手することによってどんなメリットがあるかは先ほど述べたので繰り返さないが、半年間、毎週授業のある同じ時間を楽しみにしていたという嬉しいメールを、何年も経ったいまになってもらうことがたまにある。

みな、ナンパのような馬鹿な真似はしたくないが、異性と握手したり、仲よくなりたいとは思っている。それで、本来されたくない「命令」をしてくれた僕に、いつまでも感謝の気持ちを持ち続けている。奇妙かもしれないが、これもひとつの事実だ。

北京五輪

中国人はやればできる。このことを知らない日本人がいる。中国人のすごさを知らないから、相変わらず「ああ、中国人はまだまだダメ、国際的に見てもダメなところがいっぱいある」などと言って妙に安心している。僕が北京に来て十二年、中国人を見る日本人の目はあまり変わっていない。いつまでもぼけーっとしていては追い抜かれてしまうだろう。

信号無視して横断歩道を渡る人、並ばないで割り込んでくる人、唾やタンを吐き出す人……、北京五輪期間中、そんな人はどこにもいなかった。なぜなら、中国人はやればできるからだ。二十四時間笑顔で応対することも、英語を話すことも、行儀よく応援することもできるのに、ただやらないだけなのだ。

街でたばこを吸ってはダメと言われたら、その日から誰も吸わなくなる。ワゴン型タクシーで営業したらダメだと言われたら、その日からワゴン型タクシーが消えてなくなる。本当は海賊版ＤＶＤや偽ブランドをつくったり売ったりしなくても、中国人は激しい国際競争社会の中をたくましく生きていくことができるはずだ。やろうと思えばできる。でも、やらないだけ。そして、中国人のすごさを日本人は知らない。

中国人のすごさに、僕はほとんど驚かない。しかし、北京五輪が終わった瞬間、みんなが信号無視して横断歩道を渡りだすのを見て、やっぱり驚いた。

誰も「解散！」と言っていないはずなのに、僕には聞こえない「解散！」という声が、中国人には聞こえていたとでもいうのだろうか。そして「いままでどこに隠れていたの？」と思うくらい海賊版ＤＶＤや偽ブランドを売り出す人たちがたくさん出てきた……。

中国人は自分の力で生きている。

僕が住むアパートの近くには、餃子か饅頭かラーメンかよくわからないが、一杯五十円か百円くらいの料理を出している屋台がある。毎日朝何時に起きているのだろうか、夫婦二人で朝から晩まで働いている。税金や場所代を払っているかどうかはわからないが、毎日仕事しかしていない。年に一回春節のときだけは、とんでもなくでっかい荷物を背負って帰郷する。で、一週間ほどするとまた戻ってくる。「この場所はダメだ！」と追い出されると、文句ひとつ言わずに場所を変える。そんなことを繰り返しながらお金を貯め、北京に小さなマンションを買って住んでいる。聞くところによると、そういう人たちって少なくないそうだ。

若い頃、出稼ぎで東京に出てきた七十過ぎの母がよくこんなことを言っていた。「いまの人たちは震災か何かがあったら国に援助してもらおうと考えるかもしれないけど、私たちが若い頃はそんなこと考えたことなかったよ。中国の農民工の気持ち、私はよくわかるけどね。全部自分、わかる？　全部自分だよ！」

たくましく生きるって、日本では格好悪いことなのだろうか。中国で、貧しくてもたくましく生きている人たちを見ていると、ものすごく格好よく見えてくる……。

先日、『他人を見下す若者たち』という本を読んでみた。この本は、日本の若者たちについて書かれたものだが、先週、中国の学生たちに読んで聞かせたら、中国でも最近の状況はほぼ同じだと言っていた。特訓班の討論会で、「実は、僕も高校時代は他のクラスメートたちを馬鹿にしてました。恥ずかしい」とカミングアウトする学生がいたが、それを聞いたほかのメンバーが「僕も、私も」と、次から次へと申し出てきた。

なんでも、若者たちにとっては努力をしないで成果を挙げることが最高に格好いいものらしい。僕がなぜこういう内容を若い人たちに紹介するかと言えばほかでもない。頑張ることの格好よさを知ってもらいたいからだ。そして少なくとも、僕の教え子たちには頑張る人になってもらいたい。そのために僕はこれからも汗を流し続ける。価値観の違う若者たちに笑われてしまうかもしれないが。

前進は一歩ずつ

二〇〇八年夏、ＫＯＤＡＭＡの子たちが卒業した。それまで一度も果たすことのできなかった全国スピーチ大会での優勝を、ＫＯＤＡＭＡの子どもたちが仲よく競い合った結果、二年連続で八つの全国大会を制覇することができた。

彼らは勢いに乗ったまま北京五輪を迎え、貴重なキャリアを積むことができた。僕自身は北京五輪中、仕事らしい仕事がなかった。ただ、学生たちがプラチナチケットをくれたおかげで、ダルビッシュも福原愛ちゃんもパラリンピックも見ることができた。教え子たちの活躍の陰で、ひそかに焦りを感じながら、自分のキャリアデザインが気になって仕方がなかった。

学生たちは全国各地へ飛んでゆき、しっかり成果を残したが、僕は北京から出たことがなかった。KODAMAと過ごした二年間、北京大学や清華大学の学生だけでなく、北京中の学生からの信頼を勝ち取ったのだから、自信がなかったわけでもない。ただ、二〇〇八年夏の時点で勝ち取ったのは、北京市内の学生からの信頼のみ。次に必要なのは、北京市内の日本語教師からの信頼だった。

日本語教師は二種類いる。中国人教師と日本人教師。二〇〇一年から二〇〇七年まで、僕は特に日本人教師との関係を大切にしていた。しかし、多くの日本人教師は一年か二年で辞めていってしまう。彼らが日本に帰った後も頻繁に連絡をしたが、次第に疎遠になっていった。そこで気づいたのは、中国人教師との関係づくりがより大切だということ。このことに気づくまで、僕は七、八年かかった。

二〇〇八年秋、僕はおもに日本語学科が新設されたばかりの理工系大学の日本語研究室に連絡をして、「一緒にコンテストを開催しましょう!」と提案した。

この学期、清華大学を含め、四つの大学でコンテストを実施した。そして、次の学期にも四つの大学で実施した。こうやって、ひとつひとつの仕事をきちんと真面目に、誠意を持ってやることで、「ああ、この先生は本気で学生たちのために頑張る人なんだな」とわかってもらえる。だいたい、どんなに評判がよくても、自分の目で見ないと信じないのが世の常だ。反対に評判が悪い場合は、自分の目で見なくてもすぐに信じ込んでしまう。教え子たちによくこんなことを言う。「よい評判を効率よく広めることなど考えず、ひとつひとつ心をこめて仕事するのが一番だ」。これにまさる方法はない。効率がよくなってくると誠意がなくなってしまう。誰だってそうだ。

それから四年半はコツコツやった。その間、たった一度でも喧嘩をしたことがない。

ところで、理工系大学の先生たちは初開催を前にみな不安でいっぱいだったものの、三度目、四度目の開催ともなればずいぶん慣れてくるものだ。しかも、そこには副作用があった。以前のコンテストでは、清華・北京大以外、言語系大学の学生しか優勝したことはなかったが、それまで名前も出ないような理工系大学の学生たちが次々と北京市の代表となり、全国大会で優秀な成績を残すようになっていく。やり続けることの大切さは、理工系大学が実践を通して明らかにした。そして、日本語学科としては無名だった大学の先生方から一気に信用を得ることとなった。

その頃、突如一通のメールが届いた。それは、雑誌「一番日本語」からの連載依頼のメールだった。渡りに船だ。本当に夢に描いた「日本語航海士」になれるかもしれない。雑誌連載によって、日本語航海士となる第一歩を踏み出せるかもしれない。僕は、このチャンスを逃すわけにはいかなかった。

「はい、引き受けます！」

僕は即答した。雑誌を通して、僕は全国区の第一歩を踏み出した。

現在は、雑誌「一番日本語」以外に、「人民中国」「新華網」「人民網」「中国新聞社」で連載させていただいている。当時の僕は、一回だけでも雑誌に自分の文章が掲載されたら絶対に有名になって、多くの人たちに愛されるだろうと本気で思っていた。だからこそ、ずっと本気で頑張ることができたのだが、現実はそんなに甘くはなく、去年から実際に全国を飛び回ってみたところ、僕のことを知っている学生はそれほど多くなかったこともわかった。

もちろん、文句を言いたいわけではない。雑誌で掲載されたからとか、新聞やテレビに出たからと言ってすぐに有名人になるのではなく、たぶん僕のこれまでの歩みと同じように、どんなことも一歩一歩前に進むものなのだろう。よくテレビでは「ブレークした！」などという表現がされているが、僕にはまったく縁のない話だ。百年経っても、このスピードは変わらないだろう。だから最近は焦ることもなく、それでよい、それが最高だと思っている。

笈川日本語教科書

北京で日本語特訓班をするため、僕は独自に教材をつくっていた。十日間、朝から晩まで六十八名の一年生に特訓を施し、夜は教材を作成、九日目にようやく完成した。十日でつくった『笈川日本語教科書』は、これまで一万四千冊を売り上げた。しかし、翻訳を神様張君に頼み、文章を駒澤先生に見てもらい、録音をすべて無料で行った。それから主要大学へそれぞれ五冊くらい送ったが、経費がかかりすぎて利益は一切なかった。

こう書くと、「お前は馬鹿だ」と言われてしまいそうだが、僕は、これくらい馬鹿なことをし続けていかないと、やりたいことができないと思っている。前にも書いたが、やりたいことをやるためにはやらなければならないことをやる。

このとき、近い将来、全国を飛び回る日が来ると思い、『笈川日本語教科書』にもそう書いた。誰も切り開いていない道を僕が切り開くのだから、周りの人たちに「お前は馬鹿だ」と言われなきゃ、かえっておかしい。普通に生き、普通に評価されていたら、やりたいことができるだろうか。大人たちは口を揃えて、「ボランティアなんて続かない。ビジネスにしていかないと続かない」と言うが、それは行き詰ったときに考えること。僕はまだ行き詰っていない。

この特訓班では、自分の限界を超えたかった。同時に北京中から集まった六十八名の教え子たちに自分の限界を超えてもらいたかった。それで、一冊の本を全員に暗記してもらった。暗記しないと家に帰れないのだから、やるしかない。十日間の特訓を終えた彼らは、その後、北京市コンテストの主役となっていく。

ひとくちに六十八名と言ってもいろいろだ。それぞれ自分の大学に戻ると、教師に対して協力的になる学生もいるし、日本語が下手なクラスメイトを見下す学生もいる。それでもたまに、ある学生の人生を変えてしまうことがある。

六十八名の中から、コンテストの優勝者が山のように生まれたのだから、その中から一人だけを選ぶのは難しいが、強いて挙げるなら首都師範大学の馬《ま》さんだろうか……。

彼女は負けても負けてもコンテストに出続けた。やり続けていくと、たまに入賞することもある。彼女にとっては一喜一憂の毎日だったのかもしれない。ある日、全国知識コンテストに出場すると言ってきた。僕はその大会のことを聞いていなかったし、アドバイスなんてとても送れそうになかったが、「笈川先生なら、絶対に私を救えます！」と力説されたので、「確かに、それはそうだね」と答えた。

なんでも、知識コンテストでは出し物を見せるコーナーがあるという。僕は「夏休みに六十八人全員で覚えた古典落語『寿限無』を披露すればよいのでは？」と言った。大会本番、彼女が披露した「寿限無」を聞いて、会場はものすごく盛り上がったらしく、この日、彼女は全国優勝を手にした。

「首都師範大学は一流大学じゃないんです。私は一流大学のみなさんに負い目がありますよ……」

そう言って恥ずかしがる彼女に僕はこう言った。「先生はね、二十三流大学の出身だよ！」別に一流大学の出身じゃなくても恥ずかしがることはない。でも、自分が一流大学出身じゃないからといって、一流大学の学生たちを嫌いになるのはよくない。

彼女が四年生になる直前、もうひとつアドバイスを送った。「一流大学の人たちがどれほど苦労したのかを理解するためにも、大学院を受験してみれば？」と。

彼女は、九月から、北京大学で研究をしている。僕は休みのたびに特訓班を実施しているが、毎回ドラマが生まれ、そのドラマには続きがある。本気で頑張る学生、本気で生きている学生に出会える特訓班だから、簡単にはやめることができない。

話を戻すが、僕が『笈川日本語教科書』を書き上げたとき、もしかしたら死ぬんじゃないかと思った。これは画期的な本で、楽譜を見ながら読めば、日本人のように発音できるという初めての試みだ。それまでは、教え子だけが知る楽譜だったが、人人網という、日本のミクシィに似たSNSで、全国の学生から「楽譜を僕にください、私にもください！」という声をいただいたので、思い切って本にして公開したのだ。こういうものを公開すると、いろいろ批判を浴びることが多いだろう、嫌な思いをたくさんするだろうと予想していたから、なかなか公開に踏み切れなかった。

だが、この本の出版によって「笈川楽譜」を世に出し、使命を果たすことができると勝手に思い込んでいた。

宝くじが絶対に当たるだろうとか、乗った飛行機が墜落してしまうだろうとかいう低俗な妄想と同じで、ときどきダメな自分が顔を出す。四十を前にしてそうなのだから、そんな僕が学生たちを叱っていると想うと、なんて情けないのだろう。

情けないと言えば、先日、ある特訓班の学生がこんなことを言い出した。「先生、昨日は用事があって授業に出られませんでした。本当にすみませんでした」と。僕は少し怒り気味で、「え？　聞いてないよ」と答えると、「いえ、メールを送りました」と返してきた。「そのメール、届いてないけど」と言い返すと、「あの、すみません。先生からお返事をいただきました」と言ってきた。僕は言葉を失った。後で調べてみると、確かに返事をした跡が……。「わかった。大丈夫。

体に気をつけてね!」と送っていた。

たぶん、このようなことを僕は何度もやってきたのだろう。自分のこととなるとすぐに忘れてしまうからほかに例を挙げられないが、それでもついてきてくれる学生たちが本当に愛おしく思える。そして感謝している。

次世代とジャスロン

僕が日本語航海士になるのを応援してくれる人が突如現れた。僕の活動を応援するホームページを、「次世代」代表の于《う》君がつくりたいと言ってくれた。

「ホームページをつくりましょう。先生のことを多くの人に知ってもらいたいんです!」

清華大学の博士課程をすでに卒業して数年経つ于君と知り合ったのは二〇〇二年のことだ。その頃、彼は清華大学アニメ協会「次世代」を立ち上げたばかりだった。当時の彼らの活動はとても可愛かった。可愛いと言っては失礼になるが、まずどんなことをしていたのかを説明させてもらいたい。

いまのようにインターネットが普及していない時代。昔ながらのぼろい教室に日本のアニメ好きが毎回百名ほど集まって、肩を寄せ合い座っていた。于君と彼の相棒の黄君は、自転車の荷台に小さなテレビとVCDプレーヤーを積み、みんなが待つ教室へ向かう。彼らの登場は、まるでヒーローの登場のように教室を熱くさせた。

先ほどVCDプレーヤーと書いたが、VCDプレーヤーはDVDデッキのようなものだ。しかし、画質はDVDほどよくなく、困ったことにディスクを読み取れないときもあったり、たびたび止まってしまうこともあった。それでも教室に集まったみんなは熱狂していた。彼らは自分たちを「オタク」と呼び、それを誇りに生きている。日本のオタクとは意味合いが違う。オタクは格好いい存在、オタクは中国の若者に希望の光を与えるヒーロー的な存在だ。日本と中国の関係が冷え切っていたときでも、主要都市で反日デモが行われていたときでも、次世代は、地味ではあったがアニメ上映会を実施していた。

最近、日本の一般の人の間でも、東京ビッグサイトで行われるコミケ（コミックマーケット）の存在が知られるようになったが、「次世代」は、日中関係がよくなりはじめた二〇〇六年には、すでに観客としてではなく、自分たちでつくった同人誌を売る側としてコミケに参加していた。

海外の大学生が出店するのは珍しいとあって日本のメディアも注目しはじめた。

その頃、北京では声優を目指していた教え子のＫＫ（劉セイラさん）が次世代としょっちゅうつるんでいたこと、それに僕自身が清華大学に戻ったことで、次世代と一緒に食事をすることが増えていった。于君も黄君も僕の直接の教え子ではないが、留学経験のない理工系出身の学生とは思えないほど日本語が達者だ。日本人駐在員が彼らと一時間ほど話すと、最後には彼らを日本人か帰国子女じゃないかと錯覚してしまうほど。清華大学の理工系学部には中国全土の天才たちが受験で最高点を取って入学してくる。彼らの集中力はハンパナイ。何をやってもみごとにマスターしてしまうのだ。


ある日、于君は日本から声優さんを呼び、盛大なアニメイベントを主催することを決心した。僕は次世代が集まる食事会に出ると好き勝手に言った。

「いいね、いいね‼ じゃ、山口勝平さんを呼んでよ！ 先生はね、いま、『デス・ノート』のＬが好きなんだよね。ああ、山口さんに会いたいなあ」

次世代は、僕の馬鹿馬鹿しい話をすぐ実行に移してくれた。その頃、次世代にはものすごい人材が加わっていた。于君いわく中国最高のオタクだ。その名はフギョー君。

中国の主要大学は、ここ数年ようやく日本のようにサークル活動が盛んになってきた。ただ僕たちが大学生だった頃のように、夏はテニス、冬はスキーをするような「お気楽サークル」はない。中国のサークルはみな本気だ。なぜなら、社会に出たときに必ず役に立つという、はっきりと目に見えるようなメリットがなければ参加する意味がない！　と、すべての学生が思っている。

中国最高のオタク、フギョー君が加わった次世代は僕の希望を叶えてくれた。二〇〇九年春のことだ。

もともとほとんどの企業が彼らの活動に好意的だった。それで、大学生が日本の声優を北京に呼ぶという中国では夢のような話を後押しするスポンサーも出てきてくれた。

さらに半年間、次世代メンバー全員（会員六百名）が無償で仕事をした結果、ホンモノの山口勝平さんとホンモノの成田剣さんが来てくれた。それまでは、中国側が経費を払わないのではないのか、本当に信用できるだろうかなどという消極的な疑いから、日本の芸能プロダクションは中国に進出してこなかった。中国の大企業だってやったことのないイベントを大学生たちがやってしまったのだ。

それからは年一、二回、定期的に日本から声優を呼んでは、中国のアニメファンを魅了するイベントを実施し続けている。二〇一一年には、日本大使館もアニメ声優の招待イベントをすべく、次世代に白羽の矢を立てた。そして、「次世代でなければできない」と行程を彼らに任せ、千人以上の観客を集めたこのイベントは大盛況に終わった。

二〇〇九年十二月、次世代によるホームページが出来上がった。ジャパニーズ・スタディ・サロン「ジャスロン」――中国で日本語を学ぶ学生たちと日本語を教える教師たちをつなげるプラットフォームになっている。

僕が日本語航海士になるための準備が、ひとつひとつ整っていった。

ひとつずつ心をこめて

清華大、北京大で十年近く実績を積み、学生たちを集めてある程度成果を残すことができ、また次世代がホームページをつくってくれた。雑誌の連載も始まった。

当時の浅はかな考えでは、日本語航海士になるという目標はもうすでに射程圏内に入っていた。しかし何よりも大事な「勇気」のない僕は、もうひとつ自信を深めるために試しておきたいことがあった。

それは、個人の力で全国スピーチ大会を開催することだった。全国各地に知り合いがいるわけではない。優秀な学生を全国各地から集めるノウハウもない。ただ、何もないところから始めるのはいつものことだった。

実は、何もないところからの出発だから何をしてもよかった。いちおう頭の中で地図は描くが、これまで計画どおりにいったためしがない。最初に誰かに聞けばいいのかもしれないが、「どうすれば個人の力で全国スピーチ大会を開催できますか?」と聞かれても、相手も困るだろう。それで、手始めに全国大会を主催する大学へ出向き、全国大会の最中にやさしそうな先生を見つけてやり方を教えてもらった。

それでわかったのは、中国にはいくつかスピーチ大会に強い学校があって、その大学から学生を集めることが大事だということ。その大学は、大連、上海、天津、西安、南京、杭州にあった。それらの大学とアポをとることが第一歩。しかし、それらの大学へは連絡のとりようがない。なにせ、知り合いがいない。困り果てていると、雑誌「一番日本語」を出版する大連理工大学出版社の劉さんが代わりにしてくれた。六都市、すべての大学で講演をして、彼らからの信頼を得て、僕が主催する全国大会に参加してもらう。越えなければならない山を数えるだけで頭痛がした。

二〇一〇年三月。目当てにしていた六つのうち三つの大学から「時間の調整がつかない」と断られた。僕は引き下がらず「絶対に後悔させません」と強い口調で説得した。なぜそう言えたのかはいまでもわからない。そういう運命だったとしか言えないが、それでようやく念願が叶い、ひとつの山を越えることができた。また、六都市へ講演に飛んで行けたのにはわけがある。自腹を切るほど僕は稼いでいないが、大学側も、どこの馬の骨とも知れぬ人間に講演料を払うことなどできないだろう。

それで上海へ飛び、カシオ上海の吉田修作社長に会いにゆき、「交通費と宿泊費を出してほしい」と頭を下げた。ありがたいことに二つ返事で引き受けてくださった。

用意は整った。ここまで来るだけでもへとへとだったが、ここからが本番だ。時間はない。やり直しも効かない。学生たちと教師陣から信頼を得るラストチャンスだ。一都市三日の行程で六大学を回る。初日と三日目は北京からの移動も含まれる。

いったい何を言っているかわからない人も多いだろうから少し説明を加えると、初日はお昼過ぎに現地に到着。空港から直接講演会場へ向かい、講演が終わるとホテルへ。翌日は、午前、午後、夜と三講演。三日目は午前、午後に講演を実施して、夜北京に戻ってくるといった具合。タクシーでの移動中には、講演状況をカシオさんに報告するためのレポートを書く。これを繰り返すのだ。

目当てにしていた六つの大学での講演では特に大声で二時間話し続けた。汗が目に入ると痛かった。高校球児だった二十数年前を思い出した。地方に出てわかったのは、僕は完全に無名だったということだ。『笈川日本語教科書』が売れたとかいってもまったく関係なかった。新聞や雑誌、テレビやラジオが取りあげてくれてもまったく関係なかった。僕には影響力がなかった。

実は、最初三つの大学から断られたときに、「え、なぜ?」と思った。僕はてっきり自分が有名人だと勘違いしていて、当然どの大学も喜んで受け入れてくれるだろうと思っていたからだ。それでは、北京で初めて講演を始めた二〇〇七年のときと同じではないか。僕は本当に懲りない人間だ。同じ過ちを繰り返してしまった。

実際、大学側は僕のことを知らなかったし、僕がいったいどんな話をするのかもさっぱりわからない。講演を始める前に、「私のことを知っている人はいますか?」と挙手を求めると、二百人以上いる会場の中で、せいぜい一人か二人だけが笑顔で手を振ってくれていたくらいで、その他大勢はぽかーんと口を開けていた。劣勢から講演を始めるのが僕のスタイル。いや、そんなスタイルは本当は嫌だが、講演するチャンスをいただけるだけでもありがたいこと。全教師、全学生からの信頼を得て、僕が主催する全国スピーチ大会に参加してもらうため、つばを飛ばし、声を枯らし、命を削って闘った。

不思議なもので、これはやばいと思って頑張ったときに限っていい汗を流していることが多い。このことを機会があって北京で成功を収めた方々に話してみたところ、意外とそういうものだということがわかった。

みな同じなのだ。うまくいったときというのは、その直前に信じられない失敗や挫折があったり、落ち込んでいたりするものらしい。最初から最後までずっと順調にいくことや、絶対に成功することなどありえないのだから、「成功の法則」などという本がいつまでたっても出され続けるわけだ。本当に成功の法則というものがあるなら、一冊だけで十分だろう。

成功した人達はみな、それぞれのやり方で成功したわけだし、他人の真似をして成功したわけでもないだろう。それに成功したらすぐに注目されるが、成功した後、また失敗することだってあるのだから、成功の法則にすがって生きていくのではなく、ひとつひとつのことを心を込めてやっていくしかない。ほかにもっといい方法があるとしたら逆に教えてもらいたい。

全国スピーチ大会の「つくり方」

日本語航海士になる前の最後のしあげは、個人で全国大会を開催すること。しかしもちろん、個人の力だけで大規模な大会を開催できるはずがない。多くの人に協力してもらう必要があるが、ひとつ忘れてならないのは、頭を下げれば誰でも協力してくれるかどうかという点だ。

僕個人の考えでは、頭を下げて協力してくれる確率は十〜十五パーセント。たぶん、この数字に狂いはないと思う。もし、十人の協力者が必要なら、普段から時間をかけ、百人の人と信頼関係を築いておかなければならない。

「有名な誰々の名刺を持っているから自分はすごい」などと本気で思っている人がいるが、あんなものはコネにはならない。メール交換を何度かしたくらいではダメ。要は、その人のためにどれだけ汗をかいたかにかかっている。

全国大会を開催するのにまず考えねばならないのは出場者を集めることだ。しかもレベルの高い大会にしたいなら、しかけをしておくことが大事だ。思い切って、全国大会開催のノウハウを書いてしまおうと思う。しかも心のこもった全国大会だ。

僕の場合、全国大会常連校を六つに絞った。その他、北京市内からは北京大学など有名校が六校。さらに清華大学を足して十三校。それを二つのグループに分けた。参加人数は、清華大学からは二名、後は一名ずつの計十四名。詳細は以下のとおりだ。

Aグループ――大連外国語大学、西安外国語大学、浙江工商大学、中国人民大学、北京科技大学、国際関係学院、清華大学

Bグループ――上海外国語大学、天津外国語大学、南京師範大学、北京大学、北京語言大学、北京第二外国語学院、清華大学

毎年、中国各地でコンテストが行われているが、面白いことに優勝校はいつも同じ顔ぶれだ。もしレベルの高い大会を開催したいなら、自分の足で各地のスピーチ大会に出向き、それぞれの実力を見ておけばよいと思う。

次に考えたことは清華大学の代表者二名をどうするかだ。このとき、僕は他校の学生の指導に勤しんでいたから、清華大学の学生たちは出場して失敗し、恥をかくリスクの高さに肝を冷やしていた。幸い、劉さんが名乗りを上げてくれた。北京市朗読大会で二位だったのがよほど

悔しかったのか、リベンジとばかりに練習時のモチベーションは非常に高かった。しかし、もう一人が決まらなかった。劉さんの他に誰も出たがらないのだ。そこで、普段従順そうに見えた魏《ぎ》さんという学生に声をかけた。

「あさっての夜、研究室に来てください。話があります。理由は聞かないでください。そのときちゃんと話しますから」

二日後、魏さんがとぼとぼ研究室にやってきたが、不安げな表情だった。

「先生、いったい何の用ですか」

「何だと思う?」

「スピーチコンテスト……ですか」

「魏さんはスピーチの才能がある!」

「声の小さい私が? うそです!」

「魏さんなら、絶対に全国大会で優勝できる! もし優勝じゃないとすれば、絶対に全国大会で二位だ!」

「……私、出ます」

二日間、彼女は苦悩したことだろう。研究室に呼ばれる理由もわかって来たのだから、背中を押してあげれば必ず出場してくれると思った。

さて、次は審査員だ。普通なら北京市各大学から教師を招いて審査してもらうものだが、全国大会だからそうはいかない。出場者とは面識のない人たちに審査してもらいたかった。そこで思いついたのがマスコミ各社のみなさんだ。

ＮＨＫの橋本明徳総局長、共同通信社の加藤靖志総局長、人民網の陳建軍記者、北京放送の王秀閣アナウンサー。そして日本大使館の山田重夫公使と北京日本学研究センターの徐一平主任にお願いした。みな、快く引き受けてくれた。

最後に場所だが、ちょうどその頃、あこがれの緒方貞子さんが清華大学のセンタービル（主楼）で講演をされていた。僕は、緒方先生が講演された会場でどうしてもこの大会をやりたかった。そうした準備を進め、大会前日ではなく三日前に出場者全員を清華大学に招いた。

空港へは、毎朝六時からジョギングに付き合ってくれていた一年生たちが迎えにいった。ホテルの手配など細かいことは、ジョギング仲間がつくった清華大学学生会が協力してくれた。

大会二日前、全国から集まった出場者たちを授業に招いた。彼らには、僕の会話授業を体験してもらいたかったからだ。その日の午後と夜はリハーサルを行った。大会前に他の出場者の前でスピーチの腕前を披露するのはよくないと言う人がいるかもしれないが、これは全員が短時間で上達する、てっとり早い方法だ。

大会前日は僕がガイドになり、早朝彼らを天安門と故宮へ連れていき、午後は北京市朗読大会の会場へ向かった。誰もやったことのない「スピーチ・ツアー」のできあがりだ。

そして大会当日を迎えた。カシオさんからは、出場者全員に電子辞書などの賞品を出してもらい、大会は無事成功裏に終えることができた。

これが、全国スピーチ大会の「つくり方」だ。


日本語航海士として中国全土を回った後、はたして全国各地でこのようなコンテストを開催していけるだろうか。


二〇一二年の暮れ、日中文化交流センターさんが、全国各地（各省）で、僕が理想とするスピーチ大会を開催してくれることになった。大会開催にあたり、僕の考えをすべて取り入れるという契約を交わした。

まあ、全国各地と言っても、僕が訪れたことのある地域に限られるから、とにかく一日も早くすべての省を訪れたいと思っている。それに、確かに契約を交わしたが、取らぬたぬきの……ではないが、ひとつひとつ実現できるよう慎重に、誠意を持ってやっていきたい。何しろ、この世の中は気を抜いたら最後、とことんまで落ちる仕組みになっているらしい。事故か何かでゼロからやり直さなければいけないときは、いくらでもやり直す覚悟はある。しかしわざわざ好んで地獄の底に落ちる必要もないだろう。これまでの歩みと同じように、これからも焦らずに一歩一歩心を込めて前に進みたい。

大学院入学

「大学院へ行きなさい」

馮峰主任から突然言われた。中国の大学で十年教えてきたが、考えてみると、周りは学者を志す人たちばかり。付き合いが長くなると、彼らの気持ちや悩みも理解できるようになる。だから、いつかは大学院へ行きたいなあ、くらいのことは考えていた。しかし、「いつか」のはずが突然目の前にやってきた。

発音の指導を僕一人ができても意味がないそうだ。他の人が同じ方法でやって、もしうまくいったら僕のやり方が評価されるという。それと、僕は日本語の発音指導を中国語の「軽声」を利用してやっているが、はたして、僕の言う軽声と中国語の軽声は本当に同じなのか。大学院では、その点をしっかりまとめなさいとも言われた。

中国語には四声と軽声がある。軽声とは、簡単に説明すると、短く、弱く発音するものだ。中国語を学んでいるときに、日本語の中にも軽声がたくさんあると思った。のちのち、中国語もよくできる元NHKアナウンサーの友人にそのことについてどう思うか尋ねたところ、「そうねえ、日本語の半分くらいが軽声じゃない？」と言っていた。

例を挙げれば、「レストラン」という単語なら、レの部分にアクセント核があるが、僕は、レ以外の部分、つまり「ス」「ト」「ラ」「ン」すべてが軽声であると、学生たちに教えている。

僕は、中国で日本語のレベルがもっとも高い大学院だと言われる、北京日本学研究センターを受験することにした。北京日研センターは中国人が日本語学を研究する場所だ。日本人の僕なら勉強しなくても合格できるだろうとたかをくくっていた。

中国にはHSKという外国人向けの試験がある。一応、受験前にこの中国語の試験だけは合格ラインに達していた。とは言っても僕は筆記試験にめっぽう弱く、HSK試験前日も例の如く緊張から一睡もできなかった。

試験日、最初の試験はリスニングだ。普段なら七割程度わかるのに、その日は睡眠不足がたたってほとんど意味がわからぬまま終了。次は得意の読解文だったが、リスニング試験の不出来が頭をよぎり、まったく集中できなかった。その後の総合試験では、失敗した読解文のことで頭がいっぱい。午前の試験が終わるまで、何度会場を出ていきたいと考えたことか。午後の作文と口語試験を終えてなんとか帰宅したが手ごたえはなかった。しかし、蓋を開けてみれば上級試験に合格していた。

いまでも中国語はうまくないが、日本語航海士として全国講演をしていると、「対象が一年生なので中国語だけでやってほしい」と言われることがある。普段日本語しか使わない日本語教師が九十分間中国語だけでスピーチするのは容易ではない。しかしHSK試験で自信を深めたこと、それに三時間くらいの中国語の講演内容を覚えたことで、ようやく本番に臨めた。いやいや、しかし僕の問題は中国語ではなかった。

受験を三週間前に控えたある日、大問題が発生した。なんと英語の試験があるというのだ。外国語の試験は中国語だけかと思っていたからもちろん大慌てだ。

本当に泣きたかったが、三週間英語のテキストだけを手に、苦行の日々を送った。大学時代は海外に出るのが好きで、英語圏に行っては現地で友だちをつくっていた。あの頃同じ試験を受けていたら鼻歌交じりで合格できただろう。しかし、そんな愚痴を言っても始まらない。十数年ぶりに勉強した英語は宇宙語かと思った。

試験本番は作文が多く、心をこめて綴った。できることはすべてやった。結果はどうであれ、やることはやったのだからこれでダメだったらご縁がなかったで済む。よく、やる前からそう言う人がいるが、これは、やり終えたときに言えることだ。

手ごたえがなく、ほぼ諦めていた僕に合格通知が届いた。唯一の外国人留学生だったということもある。

とにかく僕は、学者を志す人たちと机を並べて研究することになった。

山田文法、時枝文法……。大学院に通い始めると、僕は日本人なのに、論文を読み進めながら、日本語の辞書を引きまくった。僕は日本語を、ここまで知らないぺらぺらな人間だったのかと思い知らされ悲しくなった。

学者のすごいところは、的確な言葉を知っている点だと思う。言葉を無駄にしない学者は、適当に言葉を選んでへらへら笑って話している僕とは大違いだ。大学院に入って、周りの人たちを自然と尊敬できるようになったのが一番の収穫だったように思う。もちろん、最初から馬鹿にしていたというわけではないが……。

さあ、順を踏んでここまでやってきた。日本語航海士になる準備は、もうできたのではないか。あとひとつ、あとひとつ必要なもの。それは、勇気だった。

第5章

日本語航海士という夢

勇気を振り絞る

男は弱い生き物だ。いや、単に僕が弱い人間だというだけなのか。あとひとつ、あとひとつ、勇気を出すことができなかった。最初は日本語航海士になる明確な理由があったはずなのに、日本語航海士にならない理由ばかり考えるようになっていった。

「そこまで無理する必要などない」
「そこまで頑張る必要などない」

世間でそんなコメントが出るたびに、僕はうんうんうなずいた。そう、ある程度頑張ってきたのだから、あとは惰性で生きていってもなんとかなるだろう。とうとう、そんな馬鹿なことまで考えるようになっていた。ところが、ある一本の電話が僕の人生を変えた。大きく舵を切り、初心に戻るできごとが起きた。おそらく、世間ではこのような想定外を「運命」と呼ぶのだろう。

「おなかが痛いんです。たぶん、急性胃炎だと思います」

「いますぐ行きます。待っていてください！」

僕は考えもせず駆け出していた。

妻との出会いは二〇〇九年秋。しかし、その半年前にある学生から、「ひどい風邪をひいている私の先生に電話してあげてほしい」と言われたので、メールを一本送ったことがある。当時、同じように激励メールを送ってほしいと言われ、顔も見たことのない人に何度かメールを送ったことがあったから、学生の手前、平気を装ってその場で送った。それから半年、声を聞くことはなかったが、彼女とはたまにメールのやりとりをしていた。

妻と出会うふた月ほど前、北京で笈川特訓班を開いていた。そこで、僕は北京市各大学から集まった六十八名の前で秘密のノートに書き込んだ「僕の理想の女性像」について発表した。三十項目ほど挙げたがあまりにもひどい内容だったようで、聞いていた学生たちからは「男女差別です！　そんな女性はこの世にいません！」とばかりにブーイングの嵐が巻き起こった。

しかし授業が終わると、数人の学生が前にやってきて、「私たちの学校には笈川先生の理想の女性がいます。今度ご紹介します」と言った。彼女たちの紹介で、僕たちは出会うことになった。

ただ、そこからが長かった。彼女は僕の授業や少人数の特訓クラスを見学に来てくれたが、僕は彼女をデートに誘い出すことができなかった。根っこに戻るが、どうやら僕にはいまひとつ勇気が足りないようだ。いや、いまふたつ、みっつくらいは足りない。

その頃、駒澤先生のアドバイスで、彼女は僕が普段やっているように、学生たちと二十四時間、正面から向き合うようになっていた。アドバイスというのは、「幸ちゃん（駒澤先生は僕のことをそう呼ぶ）のことを批判する教師がたまにいるんだけど、そういう人たちは楽して生きている自分を守りたいだけなのよね。でもね、もし本気で批判したいなら、幸ちゃんがやっているのと同じことをしなきゃダメ」というものだったらしい。妻は、僕を批判するつもりはもう頭なく、どんな苦労をするのか体験したかったらしく、放課後も本気で発音やスピーチの指導をするようになっていた。

僕がつくった「笈川楽譜」も書けるようになった彼女に、電話でいろいろアドバイスを送っていたが、スピーチの話か発音の話くらいしかしない僕に、不思議なことに少しずつ信頼を寄せてくれていたらしい。それで、病気になった瞬間に僕のことを思い出し、電話をしてくれたというのだ。

僕は朝五時過ぎに彼女の体調が回復するまで徹夜で看病した。午前八時からは大学院での新学期初日の授業。まさに波乱の幕開けだった。

そこからは早かった。二〇一〇年秋。それまで食堂でしかご飯を食べたことがなかったが、たびたび美味しいレストランに連れていってもらった。それに、十年間同じ服しか着てこなかったが、「格好悪すぎる」といって、家に来るたびにZARAやGAPに寄り、若い人たちが着るような服を持ってきてくれた。僕は、次第にこの人と一生を送りたいと思うようになっていった。この人が喜ぶことなら何でもしてあげたいと思うようになっていった。

ある朝、メールチェックをすると、日本大使館の山田公使からメールがあった。

「鑑真記念式典で楊州へ行ってきましたが、そこで通訳をしてくれた楊州大学の学生から笈川先生にお世話になっていると聞きました。楊州は小さな街なのでコンテストもなくチャンスも少ない、笈川先生を呼ぶこともできないそうです。でも、先生の影響力はすごいですね」という内容だった。

僕はそのメールを見て、すぐ彼女に日本語航海士になりたいという夢を打ち明けた。すると、彼女の口から思わぬ言葉が飛び出した。

「私も行きたい」

僕は弱虫だ。仕事で失敗しても少しもめげないのに、大事なこととなるとてんでダメ。十年前のトラウマを引きずっていると言い訳すれば済むかもしれないが、ただ単に弱虫なだけなのだ。

「一月十四日にプロポーズをします。絶対に断らないでください！」

その台詞を、何日も前から何度も彼女に言った。絶対に失敗したくなかったからだ。そして、一月十四日、僕は勇気を振り絞り、「一生、ぼくと一緒に苦労してください」と言った。彼女が「はい。こちらこそよろしく」と答えた。僕はようやく決心を固め、全身を震わせながら、日本語航海士になる話をした。

「今年九月から、中国全国555大学へ行きます！」

そういえば、この頃は一日三講演を一年かけてやれば軽く555大学を回ることができると思っていた。しかし実際、中国は日本とは大違いで、ものすごく広い。途中で何度やめようと思ったことか。やめる理由はいくらでも見つかる。同じ省の違う街へ行くのに、夜行バスに乗っていくことなどざらだ。日本で同じ県内を夜行バスに乗って朝到着するなんてこと、絶対にありえないだろう。実際に僕は連夜の夜行バス移動をやってみたが、中年男の体力のなさに悲しくなってしまった。一人だったらとっくに投げ出してしまっていたかもしれない。もちろん、そうは思いたくないが、この年になると、理想の自分とかけ離れた現実の自分がいて、そうは思いたくないことが、山ほど積もってくる。

東日本大震災

二〇一一年三月十一日十四時四十六分、太平洋三陸沖を震源として発生した地震は未曾有の大震災を引き起こし、東北から関東にかけて東日本一帯に甚大な被害をもたらした。

母兄弟が生まれたのは福島県南相馬市鹿島区烏崎。海からほど近い場所だった。部落一帯は津波に飲み込まれ、跡形もなく消えた。もし母が、その日たまたま実家を訪れていたら……、想像するだけで恐ろしい。その津波で親戚の「松おば」が亡くなった。福島県双葉郡広野町にある家に一人住む母は無事だった。連絡がついたときは涙が出た。しかし翌日、福島第一原発一号機が爆発した。町の住人はみな避難したが、母はがんとして動かなかった。姉が逃げるように急かしたが、聞き入れてもらえなかった。

十四日に三号機が爆発。十五日に二号機が爆発。僕は家に閉じこもっていた母に言った。「いまから迎えに行くから、そこで待っていてくれ」と。「ここには入れないんだよ」と答えた母はやっと重い腰を上げて車に乗り込み、親戚のいる福島市へ走った。七十過ぎのおばあさんが雨の中、山道を運転して……。

母は弟夫婦と一緒に福島市で数泊した後、長年暮らした所沢へ避難した。所沢は母が三十年間僕と姉を育てた場所だ。そこにはかけがえのない友人がたくさんいる。母は避難民の立場を顧みず、不景気のなかで不安がっている友人を励まして歩いた。

僕は心の弱かった父親似だ。心の強い母とは根本的に違う。数年前に僕が体調を崩した際、母にこんなひどいことを言ったことがある。「お母さんよりも長生きする自信がないから広野町の家も土地も、すべて財産を達也（姉の次男）に残してあげてほしい」と。普通の母親なら泣いて悲しむかもしれない。しかし、うちの母は「そうか」と言って黙った。

当時、母の腰は曲がりはじめていた。坐骨神経痛という病で、一生痛みがひかないらしい。その後、母はジムへ通い出した。カナヅチだった母がプールで泳ぎ出した。顔を水につけられない状態から半年、一年かけて五メートル、十メートルと距離を伸ばしてゆき、いまではクロールで五百メートルをノンストップで泳げるようになった。母は照れくさそうに「七十の手習いだ」と言うが、不思議なことに、全身に筋肉がついてくると坐骨神経痛が消え、腰を伸ばして歩けるようになる。

いま、母は福島県いわき市湯本にある木造の仮設住宅に住んでいる。家のほうが広いので、「家に戻りたいよね」と声をかけると、「仮設に入れるだけで十分幸せ。体育館で暮らすのはごめんだよ」と答えた。

震災の影響から、日本語講演マラソンの実施が難しくなってきた。

日中国交正常化三十五周年（二〇〇七）のときに、『中国で活躍している日本人』を特集したテレビ番組が中国国内で放送された。それをきっかけに「人人網」を通じて、全国各地で日本語を学ぶ学生たちから、「私たちにも日本語を教えてほしい」といったメッセージを大量にもらった。

二〇〇一年に日本語教師を始めたとき、北京以外の都市で日本語を学ぶ学生たちに会うことが僕の夢になった。そして六年後、僕の夢は両思いになったのだ。全国各地で僕を求めてくれる学生がいることを知って気持ちは高ぶったが、どうすればいいかわからなかった。僕にも、僕を求めてくれる学生たちにも、資金や人脈、夢をかなえる手立てが何もなかった。しかしじょじょにスポンサーが集まって、日本語講演マラソンを実行に移す光が見えてきた。

日本語講演マラソンは、日本大使館の山田公使が名づけてくださった。僕は足が遅い。子どもの頃から短距離走が苦手だ。母からは「とろい男」と揶揄される。しかし、マラソンは得意だ。景色を見ながら走るのが好きだ。だから、山田公使からいただいたこの名前を気に入っている。一年で555大学を回ると宣言したが、何年かかってもやり遂げたいと思っている。

ところがこの震災がたたって、スポンサーの名乗りをあげてくれた企業がつぎつぎと辞退してしまった。資金がないと講演を続けることができない。以前の問題は僕個人の心の中にあったが、今度の問題は大きすぎて僕の力ではどうにもならなかった。僕の努力が通じないのならそれは運命。どこかにいる神様が、きっと僕に「行くな」と言っている。心が弱くなると、そんなことしか思えなくなる。

完全に諦めていたところ、リクルートさんが資金援助を申し出てくれた。続いて、長年お世話になっているカシオさんが支援を申し出てくれた。僕は支援してくださる企業には、一生、汗を流して応えていきたいと思う。しかし、それでも資金は足りない。経済的に逼迫するのは本当に辛い。売れない芸人時代に「食っていけない」時期を長らく過ごしてきたがそこに逆戻りだ。頑張っているのに、いや、自分自身、頑張ってやっているつもりなのに、それに応援してくれる人も企業もいるのに出発できないというのは本当に情けない。しかも、今回は僕一人ではなく、一生連れ添ってくれるパートナーがいる。そして、彼女のお腹の中には新しい命も宿っている。僕は途方に暮れていた。

そこに彗星の如く、突如支援を申し出てくれたのが、「次世代」のアニメ声優イベントをいつも支援していたインターリンクさんだった。インターリンクさん主催の「オタク川柳」はミクシィニュースでお馴染みだが、思いもよらず辞退してしまったスポンサーの穴を埋めてくれただけでなく、公式ホームページまでつくってくださった。いつ切れてもおかしくない糸を、僕は祈りながらそっとたぐりよせ、綱渡りの日本語講演マラソンを始めようとしていた。

いよいよ、旅立つときが来た。いよいよ、十年間夢見てきた日本語航海士になるときがきた。「夢が叶ったね」と喜んでくれる人がいる。祝ってくれる人がいる。そんなとき、僕は戸惑いを隠せない。本来ならば笑顔でありがとうと感謝の言葉のひとつも言いたいが、実際にやったことがないのに、「自信があります!」と言うのもなんだか無責任のような気がするからだ。

「精一杯頑張ります！」というのが関の山で、実際こわばった僕の顔を見て、ただならぬ雰囲気を感じた周囲の人たちが急に気遣ってくれるようになる。それを見て、なんだか申し訳ない気持ちになる。僕は「自信がない」とは口では言わないが顔に出てしまう。こういうときは無理してでもよい顔で、「任せなさい！」とでも言っておけばよいのだが、まったく自分のことなのに情けない。自信がないから自信のない顔になるわけで、自信をつければよいのだ。それは、実際に講演マラソンで八十講演をこなしたあたりから、ようやくわかるようになってきた。ちょっと、遅すぎるか。

過酷なマラソン

日本語講演マラソンを実施して思い知ったのは、普段どおりの自分ではまったく歯が立たないということだ。もちろん、実際に体験してみないと誰にもわからないことだろうが、何かに例えてみようか。そうだな、海に船を浮かべ、穴があいていたことに初めて気づくようなものだ。その穴を、航海を続けながら塞いでいく。まさにそんな作業の連続だった。これまではずっと安全な陸にいたから縦横無尽に暴れられただけにすぎない。

これまで、教え子たちに話をして聞かせると、普段の僕を知ってくれているおかげか、説明に言葉足らずのところがあっても、彼ら自身で自己処理してくれることが多かった。信頼関係ができあがっているからなせることかもしれない。

ところが、講演会ではどこへ行っても初訪問、初対面、信頼関係以前の話だ。そのことに気付かずに始めた僕が百パーセント悪いのだが、まず一発目の失敗は二〇一一年九月に行った大連だった。

僕は会場に集まる観衆すべてが僕を知ってくれていることを前提に話を進めてしまった。二年前にその地で行った講演は大成功をおさめていたため、絶対に大丈夫だろうとたかをくくっていた。そして、ひとこと発するたびに予想していたリアクションが来ないことに驚いた。いま思えば何てことはない。前提が違うというのは、メールの文字化けが来るようなもの。何が何だかさっぱりわからない。実際、戸惑っていたのは僕ではなく、学生たちのほうだろう。

大連での二週間、こてんぱんに打ちのめされた僕は、普段の自分では通用しないことにようやく気づく。そして、黒竜江省ハルビンの講演では恐る恐るその場で感じたことに注意を向けながら話してみることにした。

具体的に言えば、二時間、聞きに来てくれた学生たちの一瞬一瞬の心の動きを察知して、その状況に応じ、しかもリズムに気をつけながら話を進めていくという感覚だ。大崩れはしないから大失敗もない。代わりに大成功も望めない。

十月中旬、秋も深まる中国最北端・黒竜江省。僕は、真夏の南国を走るが如く満面汗、いや、全身汗にまみれた。ストレス度数のもっとも高い時期だった。

ハルビン講演を終え、そこからゆっくり南下し、吉林省では、いい意味で慣れてきたというか、体全体が痺れたような状況のまま講演し続けた。一日三講演の連続だったからだ。ハードスケジュールは覚悟の上、忙しいことが幸せと言い聞かせ、舞い込んでくる仕事を笑顔で迎えた。多い日は一日四講演。しかし、二十代の体とは明らかに違う。一晩寝れば回復した昔の体はもうない。どのスポーツでも、同年代の選手たちが次々に引退してゆき、現役選手はほとんど残っていない。気がつけば中年。無理してみて、やっとわかる現実だ。湯船のあるホテルに泊まったときは、一時間ゆるま湯に全身を浸した。体の芯まで温めないと思うように動けない。

さらに、ハードスケジュールに拍車がかかった。もともと、省都のみを回る予定だった日本語講演マラソン。時間も経費もかかるので、予定から小都市訪問を外していたのだ。ところが、出発直前に妻に相談をしたところ、「誘ってくれるところに全部行くのが『笈川流』でしょ?」と熱い言葉をもらった。

声をかけられるのを待っている内気な学生のところにいって、「大丈夫、一緒にやろうぜ！」と言い、夢も希望もなく、途方に暮れている学生たちに光をもたらす。そして、日本人なのに、中国の雷鋒精神を大切にしている。それが、「笈川流」だと。

「私たちの町には、企業の方も政府機関の方も来ません。たぶん知らないのでしょう。日本の大学の先生が講演に来てくれることもありません」

それならば、行かねばならぬ、どこへでも。僕は妻のおかげで思い直した。

小雪の降る中、窓の隙間から冷気が突き刺してくるレトロなバスに乗り、身を縮め、靴下のうえに手袋を巻いて、五時間ほど小刻みに前後左右に揺られた。ようやくバスターミナルに到着、駅の構内を出るとすぐに車に乗り換え、学校に着くなりかばんからパソコンを取り出して講演の準備にとりかかる。

講演が終わると、夜行列車で移動するため急ぎ足で鉄道駅に向かう。それが数日続き、自慢の体力が削ぎ落とされた。瀋陽《しんよう》に到着し、最初の講演中に気づいたのは、臀部から血が漏れ出し、腿裏がぬるぬるしていたことだ。講演を始めてひと月、ここまで体が持ってくれたが、これでストップだ……。

妊娠七ヵ月の妻が飛行機に乗って瀋陽空港に来てくれた。彼女は僕を北京に連れて帰るつもりだった。

「講演している様子を妻に見せたことがなかった」

この一年、講演マラソンをもっとも楽しみにしてくれていたのが彼女だ。一緒に出発する約束をしたが、懐妊したのでそれが果たせず残念がっていた。僕自身、大勢の人の前で堂々と話す自信はあるはずだったが、予想外の悪戦苦闘の日々で余裕がなかった。それでも、たった一度でいい、妻に晴れ姿を見せたいと思っていた。それがようやく叶う。

瀋陽の講演会場に妻が来てくれた。講演は約二時間。身重の彼女にとっては我慢できない長い長い時間だ。

「途中、気分が悪くなってトイレに駆け込みたかった」と笑いながらも、瀋陽・遼陽《りょうよう》で計三回、最前列に座って誰よりも真剣に聞いてくれた。ふたたび僕に勇気が湧いてきた。

すぐ北京に帰るつもりだったが、体と相談しながら二人旅を始めることにし、瀋陽、鞍山《あんしゃん》、大連へと長距離バスと鉄道で移動した。

その頃の講演は一喜一憂だった。お酒に弱い僕が、ビールで乾杯したくなるときもあれば、逃げ出したくなるほど恥ずかしい思いもした。ただ毎回、「今日は最高の講演だったぞ！」という態度だけは取り続けた。そして、彼女はどんなときでも、「天才さん、今日もがんばって」と言って背中をポンとたたき、送り出してくれた。僕の講演の出来は波が激しかったが、彼女の言葉はいつも変わらなかった。

情けは人のためならず

十一月、北京に戻ってきた。振り返ってみるとほんのひと月半の間、東北三省で五、六十大学で講演をしてきた。これまで十年かけて七十大学。今回、ひと月あまりで過去の十年に追いつこうとしていた。幸い、北京には賃貸アパートがあって妻が待っている。いいこと尽くしを喜んでいたところ、彼女の体調が日に日にひどくなっていった。お腹に張りが出たのは、二人旅で無理をしすぎたせいだ。本当に苦労をかけてしまった。医者からは「早産の危険がある、絶対安静」と言われ、それから一ヵ月、僕は北京、天津、河北省での講演をすべて日帰りでこなすことになった。
朝四時に出発し、夜十一時に帰宅という日には、何人かの学生たちが果物や野菜など食料をアパートまで持ってきてくれた。駒澤千鶴先生ご夫妻、清華の王彦花《おうげんか》教授も来てくれた。そしてこの十年ずっとお世話になっている馮峰主任ご夫妻が、妻の痩せた体を心配して鶏鍋スープをつくってくださった。

日本語講演マラソンも、彼女の出産も、周りの仲間たち全員の後押しによって、どうにか前に進めることができた。さらに、経費が足りないことをインターリンクさんに相談したところ、東京からわざわざ北京に飛んできて、足りない分を補填してくださった。これで年内の日程すべてをこなすことができる。大きな喜びが得られたと同時に、一人では何ひとつできない無力感を味わった。しかし、そんなときでも妻は温かい言葉をかけてくれた。「よかったね。頑張っているからみなさんが応援してくださるんだね」と。

ちょうどこの頃、毎晩ネットで綾小路きみまろさんのライブを見るようになり、話し方の勉強をさせていただいた。寝る前にもイメージトレーニングを重ねていたからか、講演会は予想以上に大盛況だった。天津、河北での講演会が終わると、毎回食事に誘っていただいた。先生方に行けない理由を話すと、みなさん気を利かせて、妻と僕の分の夕食を持たせてくれた。

十二月四日、日本語教師の職を一旦辞め、清華の大学院に通っていた妻が休学手続きをし、北九州の実家に帰ることになった。

その後、実家に戻った妻の体調が戻ったと聞いて、年内最後の訪問地、広東省へ飛び立つことに、いや、地上を這っていくことになった。二十数時間、生まれて初めて広州の地を踏みしめた。講演しているときの写真を見た妻が、「どんどんいい表情になってきているね。あぁ、見に行きたいなぁ」と言ってくれた。気分がよくなれば、表情も自然とよくなる。そんな相乗効果で調子に乗り、広東講演ではどこへ行っても歓迎された。

最初の頃とはすべてが違う。だれも僕のことを知らないだろうという前提で話をしているし、北京大学や清華大学のエリート学生だけが理解できるような話しぶりもやめた。八十講演をこなしてようやく見つけた自分なりの話し方。中山大学のような一流大学でも受け、民間の短大でも受ける話し方をようやく見つけた。ここまで来るのに三ヵ月もかかってしまうところが、のろまな人間の駄目なところかもしれないが、人には自分なりのペースがある。遅いのだけは仕方がないと自分で納得しよう。

約三ヵ月、訪問したのは七地区二十一都市百大学。目標の555大学訪問はまだ遥か遠くにである。

毎回、学生たちに「今日は、一生忘れられない一日をプレゼントします」と宣言してから講演を始める。自分にプレッシャーを与え、そこから逃げ出さないようにするためだ。もちろん、本気で彼らに、「最高の一日をプレゼントしたい」という気持ちもある。そして、自分が重力になって、彼らの気持ちを「ひとつに束ねよう！」という挑戦の意味もある。

最後の最後に、連夜の夜行バスで湛江《たんこう》・広州を往復し、その翌日には再び長距離バスに乗って潮州《ちょうしゅう》に向かった。瀋陽のときよりもきついはずのスケジュールを、難なくこなす自分がいた。現地の先生が学生たちに「いい加減にしなさい」と言うまで、サインし続けた。泣いて「ありがとう」と叫ぶ学生たちの顔を見たときは、もしかしたら、自分は本当に何でもできるんじゃないだろうかと錯覚さえした。

「情けはひとの為ならず」

子どもの頃から何度も「情けは他人のためじゃなく、いずれは巡り巡って自分に返ってくるんだから、誰にでも親切にしておいたほうがよい」などと聞かされた。しかし、いつもいつも「自分のところに早く巡ってこい！」と思っていたからか、結局自分のところに来たためしがない。

今回、不思議と無心でできた気がする。学生たちのため、日中友好のためだけに頑張る姿勢で続け、結果として、いい経験をさせていただき、結果として、自分のためにもなっていると実感した。もし、いまのような結果を狙ってやっていたら、やり遂げることができなかったかもしれない。

エピローグ――日本語航海士　第二幕

二〇一一年十二月。日本語航海士第一幕を無事終え、気持ちのよい汗をぬぐいながら、今後の抱負を明るく語った覚えがある。僕を理解してくれる人も増えたし、状況はこれからきっとよくなるだろうと楽観視していた。しかし、「順調は地獄の始まり」とは誰かが教えてくれた教訓。日本語航海士第二幕は、まさに地獄の始まりだった。

二〇一二年九月。上海へ発つと、街がざわついていた。雰囲気がおかしかった。日本のニュースを見ると、中国各地で大暴動が起きていた。日本の友だちがわざわざ携帯に電話してきた。「気をつけろ！　外に出ると、殺されるぞ！」と。

そんな時期でも僕は講演会をしていた。九月十七日も九月十九日も。しかし、大学のキャンパスに入ってから教室に入るまで、ずっと無口でいた。教室以外はできるだけ日本語を使わないでくださいと忠告されていたからだ。さすがに日中戦争のきっかけとなる柳条湖事件のあった九月十八日だけは講演の予定を外した。ところが、それからはしばらく講演会ができなくなった。

上海のどの大学に電話をしてもEメールを送っても、返事をくれる人はほとんどいなかった。たまに受け取る返事には、「この時期に講演会をするなんて不謹慎です」というお叱りの言葉が書かれてあった。日本語航海士としての活動が完全にストップしてしまったのだ。

「失敗」という結果に僕は途方にくれていた。

こんな時期だし、講演会などやめてしまっても誰一人文句を言わないだろう。日中関係が回復するまで一年くらい休んでもよいが、あまりにも暇すぎて悲しくなってしまった。

九月の僕は自分のことしか考えていなかった。自分がどれほど不幸なのか、この先明るい未来はあるのだろうか、いやあるはずがない。そんなことばかり考えていた。しかし十月に入ると、学生たちの声が聞こえるようになった。それは、「日本語がつまらない」とか、「就職ができない」とかいう、苦悶の声だった。当時、日本語の勉強を楽しくやっていた学生はどれほどいただろうか。「戦争が始まったらどうしよう」「日本語を学んでいたら、売国奴と呼ばれてしまうかもしれない」。そういった悩みは尽きない。勉強に集中できなくなる。だから、僕は決心した。

「十二月二十二日に、上海で日本語の全国大会を開催しよう！」

コンテストがあれば、その日のためにみんなが一斉に練習し出す。直感ではあるが、十二月頃には反日デモはおさまっているだろうと思った。その頃は冬。元気なデモ隊だって、真冬に何時間も外に立っていられるはずがない。十二月なら大丈夫だと踏んだ。もうひとつユーモアを加えた。多くの中国人が信じていた地球最後の日に開催したらきっと面白いだろうと思った。企画を立てると、日本の滋慶学園グループがさっそくもろ手を挙げて支援してくれることになった。それも自費開催した北京コンテストの何倍もの金額！　僕は企画しただけで、今回は自腹を切らずに全国大会を開催することに決まった。そこからは各大学へ連絡し、出場者を募るのが僕の仕事になった。これまで僕が主催した北京のコンテストでは、一ヵ月くらい募集をかけると二百名以上集まった。「上海なら三百名だ！」。僕は地獄から抜け出すヒントを得て上機嫌だった。

僕は、特訓班の教え子だった助手の侯さんと一緒に上海の大学や企業を回って、このコンテストのことを宣伝した。早朝に出発し、ホテルに戻るのは毎晩十時過ぎ。一日三、四校は回ったが、一週間が過ぎ、応募してきた学生はたったの八名。多くの方から「こんな時期にコンテストを開催するなんて不謹慎だ」と叱られ、僕は眩暈がした。それでも続けた。

さらに一週間が過ぎた。応募してきたのは計二十一名。「簡単に三百名くらい集められます！」などと大きな口をたたいてはみたものの、僕自身ただの大ぼら吹きだと思ったし、周りからの白く冷たい目が痛かった。僕は、涙ながらにやり方を変えた。その頃、たまたま上海日本語教師会の定例会があって、侯さんには飛び入り参加してもらった。その日、コンテストの宣伝をさせていただき、翌日、新たな応募者として一五〇名も集まった。ほとんど死にかけていた僕の心に、久しぶりにさわやかな風が吹いた。さらに、僕は『沪江日本語』という中国最大の日本語サイトで公開授業を引き受けた。それまで何度かメディアに出させていただいたが、それらを見てくれた中国人学生はほとんどいない。この公開授業には毎回千人以上の学生がリスナーとして参加してくれた。年内計六回の授業のなかで、コンテストの告知もした。また、反日デモの影響も収まり、上海と上海付近の都市へ講演をしに行くことにもなった。そして、あれほど不人気だった僕のコンテストに参加したいと応募してくる学生も徐々に徐々に増えていった。

二〇一二年十二月二十二日。地球最後の一日。僕は、家族と会場に集まった三百名の観客に囲まれ、上海でもっとも有名な日本人教師と紹介された。予選に参加してくれた学生は千百名。参加者は、僕が主催した北京の二百名をはるかに超えていた。日中国交正常化四十周年記念イベントが軒並みキャンセルされた中、僕が実施した日本語講演マラソンは九月以降五十四回を数えた。毎日、Eメールや中国版ツイッター『ウェイボー』で、コンテストに参加した学生たちから感謝の声が届く。「一人ひとり相手するのも大変ね」と妻に笑われながら、僕は喜んで返事をする。地獄から始まった日本語航海士第二幕は、天国でゴールを迎えることとなったのだ。

僕は忘れない。順調は地獄の始まりかもしれない。しかし、突然の不幸は、頑張り次第で天国の始まりになるということを——。

おわりに――みなさんへのメッセージ

「この世に手遅れなどない。人生は何度でもやり直すことができる」

みなさんは、サーカスの象の話を知っていますか。小象の足には鎖がつながっています。だから、逃げようとしても逃げることができません。しかし、大きくなった象は鎖を切ろうと思えばすぐに切れるのに、切ろうとしません。一生逃げられないと信じています。なにか、私たちに似ていませんか。

できないと思ったら、私たちは永遠にできません。しかし、この世に手遅れなどありません。人生は何度でもやり直すことができます。しかし、私たちはそのことに気づきません。

私は自分の人生を諦めたことがあります。学生時代、一生懸命に勉強しました。しかし、合格した大学は三流大学でした。そのときは、自分の頭が悪いのだと思いました。だから、大学に入ってから真面目に勉強せず、本も読みませんでした。勉強は私の得意分野ではないと思ったからです。得意分野はほかにある、そう思っていました。

当時、私が一番得意だったのは面白い話をすることでした。毎日、他人を笑わせることに夢中だったので、お笑いの世界で勝負したいと思いました。そして漫才師になりました。しかし、そこは天才揃いの恐ろしい世界でした。私はそのなかで、一番面白くない人間でした。毎日自分がつまらない人間だと思いました。それでも五年を過ごしましたが、最後に夢を諦めました。

そして、中国に来ました。漫才をしていた五年間、北京に待たせていた恋人に会いにきたのです。しかし、人生を二度も失敗した私にもう魅力はなく、彼女はすぐに別れを切り出しました。

そのとき、自分は価値がない人間なのだと思いました。自殺しようとも思いました。がっかりしたのは私だけでありません。両親も姉も、私を情けない人間だと思ったでしょう。友人は同情してくれました。しかし、知り合いは私を嘲笑いました。仕方がありません。私は人生の敗北者でした。

しかし人生は、その人が死ぬまで成功か失敗かはわかりません。私は中国で、日本語教師の道を歩み始めました。

それから十二年、中国で歯を食いしばりました。

学生時代は勉強が苦手でした。だから人生で最初の失敗をしました。自分の得意分野でも、人生二度目の失敗をしました。失恋もしました。自殺しようとも考えました。しかしその後、中国でやり直すことができました。

この世に手遅れなどありません。私は三十一歳で人生をやり直しました。

人生は何度でもやり直しができます。

みなさんは、勉強が苦手ですか。仕事が好きではありませんか。あなたも、あなたのご両親もがっかりしていますか。周囲の人たちは、あなたを白い目で見ていますか。ときには恥ずかしいと感じることがありますか。人生をやり直したいと思うことがありますか。

もしそう思ったら、やり直してください。

え？　やり直しかたがわからない？　それでいいんです。それが正常なんです。間違ってないません。だって、最初からやり直す方法がわかっていれば、誰だって悩みませんから。
でも、心の準備だけはしておいてください。方法がわかったとしても、すぐに問題にぶつかって、すぐに悩みだすはずです。

でも、そんなときは焦らないでください。一気に挽回しようなんて思わないでください。周りより遅すぎるくらいがちょうどいいんです。焦ってしまったら、もっともっと時間を無駄にしてしまいます。
だから焦る代わりに、周りをよく見てください。周りにいるすごい人たちが普段何をやっているかをよく見てください。でも、一気にたくさんの発見をする必要なんてありません。たったひとつ見つけるだけで十分です。たったひとつ見つかればそれでいいのです。一枚ずつ、シールを剥がしていきましょう。

人生をやり直す？　では、何から始めればいいでしょう。それがわからないなら、信頼できる人にこう聞いてみてください。「何から始めればいいかわからないので、教えてください」と。普通、そんなことを聞く人はいないでしょう。相手だって困ってしまいます。よほどやさしい人でないかぎり、「そんなこと、自分で考えろ！」って、怒鳴られてしまうかもしれません。

いままでは、信頼できる人からひどいことを言われて、ただただ傷ついていたのではありませんか。「もう、信じられない！」と憤ってしまったのではありませんか。

しかし、たまにはそういうこともあります。年中快晴なんてこと、絶対にないでしょう？ たまには雨だって降るでしょう？

私たちに必要なのは、雨が降っても絶対に落ち込まないという心構えです。やっぱりここでも心の準備が大切なんです。

「教えてください」と言ったあと、相手が「そんなこと自分で考えろ！」と言うかもしれません。もし相手が「自分で考えろ！」と言い放ったら、「考えろ！」の「ろ！」と同時に、「教えてください！」と頭を下げて言ってみてください。それでも、「うるさい！」と言われたら「さい！」と同時に「お願いします！」と頭を下げて言ってみてください。それでも教えてもらえなかったら、教えてくれる人をほかで探せばいいだけのことです。その人が教えてくれないことがわかったわけですから、それは失敗ではなく、ある意味成功なんです。

この世の中には、何でも教えてくれる人、たまに教えてくれる人、最初は教えてくれなかったけど途中から教えてくれるようになる人、最初は教えてくれたけど途中から教えてくれなくなる人などがいて、もうさまざまなんです。いちいち落ち込んでいる場合じゃないんです。

「笈川さんは自分で極楽浄土をつくっていらっしゃいますね」

北京に駐在されている方から、そんなふうに言われることがあります。それは、自分の周りに一人ひとり仲間を増やしていった結果です。

学園ドラマを見てください。主人公の先生は、最初クラス全員から嫌われているでしょう？でも、毎回一人ずつ仲間を増やしていっていることに、あなたは気づいていましたか。だから、二話目で全員から好かれるなんてことはありえません。ひとつひとつの積み重ねが最終回。最終回になって初めてクラス全員が泣くんです。

だから、いま十人のうち九人が自分を軽く見ていることを嘆くのではなく、たった一人、仲間がいることを喜ぶべきなんです。

あとは一気に全員を仲間にするのではなく、全力で、一人ひとり仲間を増やすことです。私だって中国に来て、そうやってきました。嘘だと思うなら、この本を最初から読み直してみてください。

私には夢があります。一人でも多くの自分の人生を諦めてしまった若者に、夢と希望を与えること。それが私の幸せです。

人生は何度でもやり直すことができるのです。それを、あなたにわかってもらいたいのです。そして、あなたが人生を変えて輝かしい未来を手に入れたとき、私は本当に幸せになれるのです。そのときは、必ず私に報告してください。「私の人生が変わった」と。

その報告を聞くことが、私の幸せになるからです。

こうして僕は自分の生き方を見つけた

中国大陸・日本語航海士という夢

著者　笈川幸司（おいかわ・こうじ）

発行日　2013年4月12日　第1刷発行

装丁　小口翔平＋西垂水敦（tobufune）

発行者　田辺修三
発行所　東洋出版株式会社
〒112-0014　東京都文京区関口1-23-6
電話　03-5261-1004（代）
振替　00110-2-175030
http://www.toyo-shuppan.com/

編集　秋元麻希
印刷　日本ハイコム株式会社
製本　ダンクセキ株式会社

ISBN 978-4-8096-7685-7
定価はカバーに表示してあります

ISO14001 取得工場で印刷しました